suhrkamp taschenbuch 4925

Zoltán Kertész, blauäugiger Sohn eines »Halbzigeuners« und einer Tagelöhnerin, ist der Außenseiter in einem kleinen Ort in Serbien. Als Kind ist er dem Vater vom Motorrad gefallen, und der Bäcker, dem er die Mehlsäcke nicht schnell genug schleppte, hat ihm den Kopf blutig geschlagen. Seither hat er das »Schläfenflattern«, sitzt am liebsten in seiner Scheune und löst Kreuzworträtsel. Als 1991 der jugoslawische Bürgerkrieg ausbricht, soll der »Taugenichts« in der Volksarmee zuerst zum Mann und dann zum Helden werden. Aber Zoltán passt auch dort nicht ins System. Als sein einziger Freund bei einem Trainingsmarsch in der Folge sinnloser Schleiferei tot zusammenbricht, verweigert sich Zoltán endgültig einer Ordnung, die alle Macht dem Stärkeren zugesteht. Vom sanften Widerstand der Phantasie erzählt Melinda Nadj Abonji in einer schwingenden, musikalischen Sprache und in eindringlichen, die Kraft des vogelwilden Denkens beschwörenden Bildern.

Melinda Nadj Abonji wurde 1968 in Becsej, Serbien, geboren. Anfang der siebziger Jahre übersiedelte sie mit ihrer Familie in die Schweiz. Sie lebt als Schriftstellerin und Musikerin in Zürich. Für ihren Roman *Tauben fliegen auf* erhielt sie 2010 sowohl den Deutschen als auch den Schweizer Buchpreis.

Melinda Nadj Abonji

SCHILD
KRÖTEN
SOLDAT

Roman

Suhrkamp

Erste Auflage 2018
suhrkamp taschenbuch 4925
© Suhrkamp Verlag Berlin 2017
Suhrkamp Taschenbuch Verlag
Alle Rechte vorbehalten, insbesondere das der Übersetzung,
des öffentlichen Vortrags sowie der Übertragung durch Rundfunk
und Fernsehen, auch einzelner Teile.
Kein Teil des Werkes darf in irgendeiner Form (durch Fotografie,
Mikrofilm oder andere Verfahren) ohne schriftliche Genehmigung
des Verlages reproduziert oder unter Verwendung elektronischer
Systeme verarbeitet, vervielfältigt oder verbreitet werden.
Umschlaggestaltung: Rothfos & Gabler, Hamburg
Umschlagabbildungen: Dahlien und Tigerlilien beim Sonnentempel
in Mexiko, Farblithografie (Detail) von Else Bostelmann (20. Jahrhundert)/National Geographic Creative/Bridgeman Images;
Pfahlrohr, akg-images/bilwissedition
Druck und Bindung: CPI – Ebner & Spiegel, Ulm
Printed in Germany
ISBN 978-3-518-46925-5

Schildkrötensoldat

I

Er stand da, beim Hühnergatter, hatte vielleicht gerade ein Ei getrunken oder irgendwas, das gar nichts mit Eiern oder Wasser oder Milch zu tun hat. Den wolkenlosen Himmel musste Zoltán getrunken haben, mit seinem endlosen Blau. Seine Augen waren aufmerksam, weit offen in seinem breiten, blassen Gesicht. Der Rotz klebte an seiner Nase – er unternahm nichts, um ihn abzuwischen. Mit Hühnern konnte er umgehen, mit Katzen, Schweinen. Hunde hat er gemieden, außer einen, der Tango hieß. Jeden Morgen ein Ei für seinen Tango. Zoltán stand da, beim Hühnergatter, das huhnwarme Ei in der Hand. Ich habe ein warmes, frisches Ei für dich. Ich habe etwas Traumschönes für dich, Tango!

Zoli, wisch dir den Rotz ab! Hör auf, mit dem Hund zu reden!, ruft seine Mutter vom Garten herüber.

Tango, eine ganze Welt gebe ich dir zu fressen!, und Zoli rührte sich nicht. Sein Rotz glänzte in der Sonne. Tango drehte sich wie ein Derwisch und bellte dazu. Sein hohes Gebell versetzte auch die Wäscheleine in Erregung, die durch den Hof gespannt war. Und Zoli streckte seine Hand, darauf das Ei – ein Ei so weiß wie seine Haut, wie die aufgehängte Wäsche. Schauspiel des Alltags. Ein wie verrückt sich drehender Hund, ein neunjähriger Junge, mit unmöglicher Ruhe den Moment des Zuschnappens hinauszögernd, die schwarz-zotteligen Beine des Hundes, der Junge, verdreckt und erhaben. Die Sonne, um die sich der Hund linksherum, rechtsherum drehte.

Gib ihm das Ei, los mach schon, worauf wartest du noch?

Zoli stand da, zuckte nicht einmal mit den Wimpern, er reagierte nicht, nicht im Geringsten. Nur um seinen Mund spielte ein winziges Lächeln, und die Maiskolben hatten Augen, die Hühner applaudierten, der Staub wirbelte auf vor Begeisterung. Zoli wartete. Bis ein kleiner, hitziger Dämon ihn in die Wade biss und er das Ei endlich in die Luft warf, in den blauen Himmel hinauf, und Tango, der Hund, seine Drehungen sofort unterbrechend, schnappte mit einem Satz nach dem Ei – der Welt, die im nächsten Augenblick mit einem hellen, harten Geräusch auf der Steinplatte zerplatzte. Nächstes Mal schaffst du es, ganz bestimmt erwischst du es nächstes Mal in der Luft, sagte Zoli, während der Hund das Ei gierig vom Boden aufschleckte.
Nicht wahr, Hanna, nächstes Mal schafft er es? Zoli blickte zu mir, und weil ich so überrascht war, dass Zoli mich ansprach, konnte ich nicht antworten, und er kam auf mich zu mit seinen aufgesperrten Augen. Er stellte sich ganz nah zu mir hin. Mir schwindelte, als er sagte, ich weiß genau, wie es ist für meinen Hund, wenn seine Zunge das Ei vom Boden aufschleckt, aber sicher, das weiß ich ganz genau.

Zoltán. Der Sohn meiner Tante Zorka.

Ich habe dich vor Jahren zuletzt gesehen oder gestern, als du mir wieder erschienen bist, nachts. Nein, geträumt habe ich nicht. Einen Traum kann man beiseiteschieben, als »Traum« abtun. Ich spreche mit dir, aber du gibst mir keine Antwort. Ich weiß – da, wo du bist, schweigt man lieber. Oder täusche ich mich? Kann ich dich nicht hören? Ist es möglich, die Ohren zu schulen, um das zu hören, was nicht hörbar ist? Empfänglich zu werden für Schallwellen, die den Fledermäusen vorbehalten sind, vor allem aber den Motten, deren Hörorgane im Brustbereich liegen, zwei Hohlräume, die, mit dünnen Membranen bedeckt, so filigran gebaut sind, dass sie höchste Frequenzen mühelos wahrnehmen können – leiseste Geräusche, die vom menschlichen Ohr nicht einmal in zehnfacher Verstärkung gehört werden.
Ich bin keine Fledermaus, keine Motte, aber ich sehe dich, du erscheinst mir. Erscheinen, was für ein Wort. Du schaust mich an, mit demselben Blick, mit dem du mich früher angeschaut hast, als wir Kinder waren. Aber vielleicht warst du gar nie ein Kind. Obwohl ich älter war, hatte ich immer eine bestimmte Furcht vor dir, und trotzdem habe ich es zugelassen, dass deine zuckerstaubigen Lippen meine berührt haben, als wir an einem Frühlingstag auf deinem Bett *palacsinta* gegessen haben. Wir heiraten, hast du gesagt, obwohl die Heirat zwischen Cousine und Cousin zuoberst auf der Sündentafel des Pfarrers steht. Warum schließt du deine Augen nicht beim Küssen, habe ich dich gefragt. Weißt du was, Hanna, ganz bestimmt ist es so, dass ich auch mit offenen Augen schlafe. Und da war sie schon wieder, meine leise Furcht vor dir, meine Lust, dich nochmals zu küssen.

Wir haben uns nicht mehr geküsst, nie wieder, nicht einmal auf die Wangen. Wir haben uns oft angeschaut, stumm, und ich war immer die Erste, die aufgegeben hat. Ich müsste ein anderes Wort verwenden, weil »aufgeben« einen Kampf suggeriert, aber wir haben nicht mit Blicken gekämpft, jedenfalls du nicht. Ich habe weggeschaut, und du hast erzählt. Die Schule zum Beispiel sei ein Hindernis aus Zahlen und Buchstaben. Und ganz bestimmt sei es nicht nützlich, wenn man weiß, dass zwei und zwei vier gibt, man könne doch nicht behaupten, zwei Stühle seien dasselbe wie zwei Nüsse. Im Klassenzimmer gab es nur Gelächter, wenn Zoli eine Frage stellte, und der Lehrer meinte, er solle die Fragerei lieber in seinem Kopf behalten, und so fragte Zoli nur noch, wenn er es gar nicht merkte, sein Mund wie von selbst zu reden anfing.
Aber Hanna, du weißt doch, wovon ich spreche?
Ich wusste es und wusste es nicht.

Wir saßen auf Zolis Bett, einer aufklappbaren Couch. In ihrem Bauch wohnen unterhaltsame Wesen, sagte Zoli und zupfte die Kissen zurecht, bevor er mir einen gepolsterten Platz anbot, an einem Sommertag, an dem ich unangemeldet zu Besuch kam. Wann immer ich an die schäbige Tür klopfte, die laute Stimme von Zorka mich bat, einzutreten, wann immer ich die angelehnte Tür öffnete, die Schuhe abstreifte und den Fliegenvorhang mit einer zaghaften Handbewegung anhob, hatte ich, nicht nur an jenem Sommertag, das Bedürfnis, das fleckige, mit Flicken ausgebesserte Stück Stoff wieder fallenzulassen, die Schuhe wieder anzuziehen, mich aus dem Staub zu machen.

Als hätte ich damals schon geahnt, dass es in diesem Haus nicht nur nach Zigaretten, Kaffee, Schweiß und Eisen roch, sondern nach Schicksal – wie erhaben und furchterregend es doch klingt, das Schicksal, unabänderlich, groß, die von Gott geschickte Fügung; und wie verlogen, alles einer das menschliche Leben lenkenden Macht zuzuschieben, die mit der eigenen Verantwortung, dem eigenen kleinen Leben nichts zu tun hat, und ins Allmächtige auszuweichen, wenn es darum ginge, menschliche Antworten auf menschliche Fragen zu finden. Mittlerweile weiß ich, dass oft von Schicksal die Rede ist, wenn es eigentlich darum ginge, zu schweigen. Oder zu erzählen. Nein, damals habe ich nicht über das Schicksal nachgedacht. Ich fürchtete mich nur vor dem, was mich hinter dem Vorhang erwartete, und vermutlich ahnte ich, dass Armut nie folgenlos blieb.

Z-W-E-T-S-C-H-G-E-N-K-N-Ö-D-E-L-T-A-G

Wie ein Mehlsack bin ich damals vom Motorrad gefallen, mein Vater ist ohne mich weitergefahren, hat eine ganze Weile nicht gemerkt, dass niemand mehr da war, hinter seinem Rücken, ich lag auf der Straße, in meiner Umhängetasche steckte ein frisches Brot
trrrrrrrr
so kam mein Vater wieder angefahren, das habe ich genau gehört, obwohl ich bewusstlos war, wie sie später alle sagten, mein Vater kam angefahren, in meiner Welt, die orange war, rot, türkis und violett, die Blumen steckten in allen Ecken und an den Rändern meiner Welt, und sie rochen nach Brot, nach dem Weißbrot, das neben mir lag, im Staub, und ich hörte meinen Vater, wie er meinen Namen rief, und ich hörte seine Stimme, sie sprudelte über die Blumen, rüttelte an meiner Schulter, Zoli! Zoli!, und ich habe meinem Papa eine Heuschreckenplage geschickt, pfeifende Mäuse, die ihm das Schlottern in die Kniekehlen jagen, ich habe den Hund der Nachbarin gerufen, damit er ihm die Waden leckt – was er auf den Tod nicht ausstehen kann –, was habe ich nicht alles gedacht, damit er mich in Ruhe lässt
warum er das hätte tun sollen? das werde ich Ihnen sicher noch erzählen, wenn Sie Geduld haben, und das haben Sie doch bestimmt, Papa hat an meinem Ohrläppchen gezupft, Junge, steh auf, heute ist Zwetschgenknödeltag, hast du das

vergessen?, und außer Papas Stimme war da noch eine, und diese Stimme zischelte, machte meine Blumen schwindlig, Ihr Junge blutet, sehen Sie doch, hier, am Kopf! rasch, wir müssen einen Arzt rufen!

ich wusste jetzt, woher meine Blumen kamen, das muss ich Ihnen erzählen, als die Zischelstimme sagte, dass ich blute, wusste ich sofort, dass meine Blumen aus dem Blut wachsen, ja, aus dem blutenden Loch meines Kopfes, und ich schwöre bei mir selbst, dass ich noch nie schönere Blumen gesehen habe, es waren weder Nelken noch Rosen, auch keine Schwertlilien oder Gerbera oder Tulpen, Begonien schon gar nicht, es waren keine Blumen, sondern Vogelköpfe, oh nein, ich erfinde gar nichts, ich müsste sagen, dass es Grauammerköpfchen waren, die sich zu Blumen formten, aber sie waren nicht grau, nicht gräulich und gestrichelt, wie es die Grauammern sind, sondern in jedem nur erdenklichen Rot leuchteten die Grauammern hinter meinen Augen, in Blumengestalt

aber sie haben mich aus meinem Paradiesgarten herausgezerrt, ein Knoblauchdoktor hat seine Luft in mich hineingepumpt, hat mich getätschelt, am Handgelenk gefasst, meine Lider hat er hochgezogen, als könnte er da etwas sehen, in meinen Augäpfeln, ja ja, die verdrehte Welt, und dann haben sie mich auf ein Gefährt gehievt, der ist schwerer, als er aussieht, haben sie gesagt, dieses Händegetümmel um mich herum, diese angestrengte Schwitzerei, lasst mich doch liegen, wieso hört mich eigentlich keiner? diese Hektik, mit der sie auf mich eingeredet haben, lasst mich in Ruhe, habe ich geschrien, aber keiner, keiner hat mich gehört, und meine Blumenvögel, sie wurden immer kleiner, dünner, und sie flogen auf, als ihr Rot wieder ganz ausgewaschen war, vor lauter aufgeregtem Gerede, sie haben mich zurückgelassen, und deshalb, ja genau deshalb habe ich geweint, als ich meine Augen aufschlug, seht nur, er weint, sagte der Arzt, die Krankenschwester, und der Kopf meines Vaters erschien über mir, Junge, da lässt du dein Wasser kullern und wir? wir sind doch krank vor Sorge, und mein Vater schmatzte einen Kuss auf meine Stirn, wo ist mein Brot?

sie haben mich alle mit Blödheit angeschaut, er fragt nach seinem Brot, hört ihn euch an, er will wissen, wo sein Brot ist

und da, da bin ich hochgeschossen, habe den Arzt am Kittelkragen gepackt, habe meine Wörter auf seine weiße Redlichkeit gekotzt, habe mit meiner Wut seinen Scheitel verwirrt, und ich habe geschrien, warum ich geweint habe, dass sie mir meine Blumen ... die Vögel ... und meine Farben ... und dass ich im Goldstaub gelegen ... und die Hilfe des Herrn Doktor, die nach Geld stinkt, das er in seiner Kitteltasche verschwinden lässt ...

und mein Papa hat mich angeglotzt, Zoli, bist du das, aber das bist du doch gar nicht, du hast noch nie so geredet, Zoli, welcher Teufel ist in dich gefahren ...

der Zoli-Teufel!
der Staub-Teufel!
der Zigeuner-Teufel!

-Z-W-E-T-S-C-H-G-E-N-K-N-Ö-D-E-L-T-A-G- der Tag, an dem es Zwetschgenknödel gibt, meistens am Freitag, ich liebe es, die Zwetschgen aus ihrem Kartoffel-Mantel zu befreien, die noch heißen, fast zu heißen Zwetschgen in meinem Mund verschwinden zu lassen, und ich kann ganz bestimmt und problemlos sieben bis zehn Knödel essen.

B-A-S-T-A-R-D-E-N-B-L-U-T

Das sei der Anfang gewesen, hieß es später, es sei zu viel Blut aus meinem Kopf gesprudelt, Blut sprudelt nicht, habe ich zu Papa gesagt, aber du hast es ja gar nicht gesehen, wie es getan hat, dein Blut, eine richtige Fontäne ist dir aus dem Kopf geschossen, sag ich dir, und Papa langt nach dem Gartenschlauch, spritzt mir zwischen die Beine, siehst du, so!

und ich habe keine Lust, ihm zu sagen, dass er soeben »das Blut ist dir aus dem Kopf geschossen« gesagt hat, geschossen oder gesprudelt, das ist Papa völlig egal, er will mir wieder einmal erzählen, wie ich als Mehlsack vom Motorrad gefallen bin – obwohl er ja gar nicht gemerkt hat, dass ich nicht mehr hinter ihm saß, wie will er dann wissen, dass ich »wie ein Mehlsack« vom Motorrad gefallen bin? – Vater will mir wieder einmal erklären, dass dieser Tag der Anfang vom Ende war, und ich muss ihm den Schlauch aus der Hand nehmen, weil er keine Ahnung hat, wie viel Trinkwasser meine Blumen brauchen, an dem Tag sei ich blöd geworden wie eine Kanone, sagt er

-K-A-N-O-N-E-

und setzt sich mit einem Seufzer auf die Bank, trifft mit einer Ladung Spucke eine reife Brombeere, lass das, sag ich zu ihm, die mögen das nicht, deinen Rotz, aber er fängt an zu jammern, zieht an seinem Borstenhaar, aus dir hätte was werden können, Zoli, verdammte Ziegenscheiße, ver-

dammter Schweinekot, verdammter Eisengeschmack auf der Zunge, du hättest dich aus dieser Scheiße retten können, stattdessen lässt du dich vom Motorrad fallen, liegst wie tot im Staub, und als du endlich aufwachst, packst du den Arzt am Kragen, als hätte er dir das Leben versaut, Zoli ... und mein Papa rülpst mir Kohlensäure ins Gesicht
Vatersorgen, ja verdammt nochmal!
und Papa reicht mir die Flasche, ich setze an, über mir die geflockten Wolken, ach, dieses Wetter, das meinem Garten sein ganzes Wasser raubt, und ich drehe mich weg, hin zu meinen Bäumen und Sträuchern und Blumen, und mein Vater heult auf, rammt die Eisenbahnerschuhe in meine Waden, ich sacke zusammen, der Schlauch fällt mir aus der Hand, jagt seinen Strahl in die Brombeerhecken, aber die Flasche, ihr Bauch liegt unversehrt in meiner rechten, hinter mir Papa, der sich vor lauter Jammer nicht mehr halten kann, hättest mich retten können, mich und mein Herz, schluchzt Papa, so dass mir der Kopf in den Hals schrumpft, seine Wallnussfäuste, hagelhart zwischen den Schultern, mein Bodenblick auf Brombeeren im Staub, oh die Brombeeren, die aus kleinen Einzelbeeren bestehen, dieses Glanzviolett nach einem leichten Sprühregen, die hässliche Lücke, wenn ein Käfer die Beere angefressen hat
der Anfang vom Ende, so Papa, zieht mir die Flasche aus den Fingern, lässt sein Bier gurgeln, weint in meinen Rücken, und wissen Sie, was er damit meint? seit ich vom Motorrad gefallen bin, hat das Zittern bei mir angefangen, so Papa, der Anfang vom Ende, seither tickt mein Klicker

nicht mehr richtig, schreckhaft wie ein kleines Mädchen, das sei ich geworden, ein junger Kerl, der zusammenzuckt, wenn es blitzt und donnert, na, wo gibt's denn so was? ein baumlanger Kerl, der sich wegen gar nichts in die Hose scheißt – aus heiterem Himmel sei ich ein verrückter Kerl geworden, der niemandem mehr gehorcht …
es geschieht, und wenn es geschieht, überfällt mich ein Zittern, ein Flattern, meine Gedanken drücken sich an die Wände meines Kopfes, und ich bin ich ohne Zoli, Sie wollen wissen, was das heißt? ich weiß es nicht, auch wenn Sie sehr viel Geduld aufbringen, werde ich es Ihnen nicht genau sagen können, aber ich kann Ihnen sagen, dass mein Vater nie wissen wollte, was das heißt, er wurde wild und wütend und schwitzend, wenn ich ihm sagte, ich bin ich ohne Zoli, das ist es genau, dieser elende Unsinn in deinem Kopf! und Papa fing immer wieder damit an, vom Anfang vom Ende, dass das herausgesprudelte Blut nur noch Unsinn in meinem Kopf hinterlassen habe, logisch hätte mich der Meister versetzen müssen! ein mickriger Hilfsarbeiter und ein Gartennarr, das sei aus mir geworden, zwischen den Schenkeln eine Blume statt einen Schwanz, das frische Brot, das schöne Geld, wo ist es geblieben?
er, der seinem Kind seinen Namen gegeben hat, und damals hätten ihn alle beglückwünscht zur Geburt seines Sohnes, stolz wie ein Pfau sei er gewesen auf dieses haarlose Etwas, auf dieses Nichts, aus dem etwas hätte werden können, Brot brauchen die Menschen doch immer, ein Bäcker mit eigenem Geschäft, vor dem man an schmeichelnden, sonnigen Abenden hätte sitzen können, das hättest du werden können, schluchzt Papa, und seine freie Hand ruht

auf meinem Rücken – ein Tier, das schnuppernd auf Futter wartet
-R-Ü-C-K-E-N-
und Papa fängt an zu lallen, ich taufe dich auf den Namen Zoltán, Kertész Zoltán! er begießt sich, mich von hinten, und das Bier nässt mein Haar, ein paar Tropfen lösen sich, verklumpen den Staub vor mir, die Mahnmale von Papas Herzschmerz
-A-C-H-
es ist wahr, ich hätte meinen Vater retten können, ich hätte alles mit frischem Weißmehl bestäuben können, sein ganzes, einziges, dreckiges Menschenleben hätte ich in einem luftigen Brotteig aufgehen lassen können
schönes -B-R-O-T- gutes -B-R-O-T- tägliches -B-R-O-T-
ich hätte eine gestärkte Meistermütze getragen, eine Meisterschürze, und das ganze Dorf hätte bei mir, hätte ganz bestimmt bei mir Brot gekauft, alle Jahreszeiten wären bei mir ein und aus gegangen, vom Osterkuchen bis zum Weihnachtszopf, ein Jahresrundlauf, ein Buch, das man auf- und wieder zuschlägt, ich hätte immer nach frischer Hefe gerochen, aber sicher hätte ich das, mein Vater hätte sein Zigeunerblut an meinem weißen Beruf abgewaschen, jeden Tag, wir wären nicht mehr die Schienen gewesen, der Wald, der Dreck, das Vieh, Eingeweide und Hühnerfüße, die Wurzeln, gestohlenes Brennholz, Kaffeesatz und Klimbim
wir wären der Ofen gewesen, die Wärme, oh ja, wir wären die asphaltierten Straßen gewesen, Kreuzungen, Ampeln, gesunde Zähne, Haustiere, Häuser mit englischen Klos, der gütige Blick, ein Schwatz auf dem Marktplatz, wir wären die Bäckerei gewesen im Dorf, wir wären verträumte Engel

gewesen, keine Hundesöhne, Bastardenblut! wir hätten die räudigen Katzen verscheucht, ohne mit dem Besenstiel auf sie einzuschlagen, und das Dorf, es wäre stolz auf uns gewesen
Papa, warum nennst du mich Bastard? -B-A-S-T-A-R-D- ich bin doch dein Sohn ...
wem gehört diese leere Flasche? wem gehört diese nutzlose Flasche, die meine Hand beleidigt mit ihrem nutzlosen Gewicht? bin ich der Vater eines stotternden Idioten geworden?
und mein Papa hat keine Kraft mehr, sein Herz, ein schlaffes, gemartertes Stück Fleisch, und die Flasche hat keinen Bauch mehr, keinen Hals, die Scherben liegen im Staub, neben den Brombeeren
Zoli ...
Papas Stimme ganz nah an meinem Ohr, sein Schluchzen, das Blut, Zoli, es ist dir aus dem Kopf gesprudelt
denk an die Ziegen, wenn sie aus dem Gatter drängen
denk an eine schwarze Wolke, die bricht
denk an deine Mutter, wenn sie anfängt zu fluchen
so war es, genau so, sagte Papa, als dir das Blut aus dem Kopf gesprudelt ist, der Anfang vom Ende
ja, ich werde Papa nie retten können

Blut, es gibt eingetrocknetes, verkrustetes Blut oder frisches Blut, das nach Eisen schmeckt, Blut, das tropft, dick und schwer und bedauerlich, und das Blut hinter der Haut, es ist doch nichts anderes als Wärme und Kälte, aber Papa, er will das durchaus nicht wissen.

K-I-T-T-E-L-K-Ö-N-I-G

Ich sehe, wie mein Vater fliegt, er fliegt fliegt und fliegt in die Höhe, ich denke mir, dass er dem Himmel an diesem schwülen Abend einen Besuch abstatten, mit seinen Schwielenfingern den Himmel kitzeln will, mein Vater sagt selbst, dass er Schwielenfinger hat -S-C-H-W-I-E-L-E-N- wie hoch er fliegt – mein Vater, der doch an den Schienen arbeitet, bei den Zügen, der rangiert, sich bückt, sich Schmutzhände holt, der keucht und hustet, sein Bier aus der Stirn schwitzt –
er fliegt fliegt fliegt und fliegt in seinem Arbeitskittel, der ölig riecht, auch frisch gewaschen schmuddelig ist, aber wer macht das, dass er jetzt diesen Raketen-Antriebs-Motor im Hintern hat, diese Feuerwerks-Energie in seinen Augen glüht? Papaaaaa! rufe ich ihm zu, und ich stehe im Garten, beim Rosenstrauch, und aus meinen Fingern schießt ein ganz bestimmt fünffarbiger Lichtschweif, gerade eben noch habe ich den Rosen das tägliche Trinkwasser gegeben, Papaaaaa! und mein mehrfarbig fünffarbiges Licht fließt zum Kittel, und wie schön das aussieht, wie echt, ganz bestimmt sieht es schöner aus als alles andere, was ich bis jetzt gesehen habe, mein Papa sitzt jetzt nämlich – und wenn Sie mir nicht glauben, tun Sie mir von Herzen leid – auf einem Glanzthron, nein, ich muss sagen auf einem prächtig glitzernden Glanzthron, der aus meinen Fingern entwachsen und aufgeschossen ist, er sitzt da, ein blauer Kittel-

König, er sieht nicht mehr so aus, wie ich ihn kenne, er schwitzt nicht, er hustet nicht, er sitzt da mit hängenden Armen, nickt und lächelt, bestimmt, weil er den Himmel mit seinen Borsten kitzelt -S-C-H-W-E-I-N-E-B-O-R-S-T-E-N- sagt mein Papa

mein Papaaaaa-König! rufe ich ihm zu – dass er so sitzen und glänzen, so lächeln und zufrieden sein kann, dass sein Kittel kein Kittel mehr ist, sondern eine kornblumenblaue Robe am schmutzig gelben Himmel, dass diese Feuerwerks-Energie in seinen Augen bis zu mir glüht, zum Rosengarten hinunter und meine Teerosen vermutlich deshalb einen fast unverschämten Duftzauber versprühen – dass das alles so ist, wie es ist, dass ich das weiß, hat mit mir zu tun, seinem Sohn ...

Papa, du bist der Kittel-König, und der gelbe Himmel, er wird sich gleich öffnen und all seine Wunder offenbaren ...

ich habe mich aufgestützt, im Bett, und habe zu Papa geschaut, er saß allein in der Küche, streckte die nackten Beine von sich, in meine Richtung, hörst du, Kittel-König?

aber Papa lallte, in seinen Augäpfeln drehten sich der Herbst, der Winter, sternenlose Nächte, ein schmieriger Mond, auf seiner Zunge tanzte Mutter mit ölig rotem Mund und frischer Frisur, tschüss ihr beiden, macht's gut, ich komme bald wieder ...

-A-C-H-

2

Wenn ich nur etwas über seine Augen sagen könnte, mehr als »seine Augen waren blau«, das Himmelblau von wolkenlosen, nicht allzu heißen Sommertagen, an denen die Blumen, die Sträucher, das Gras noch nicht verdorrt sind; wenn ich doch einen passenden Vergleich finden könnte, blau wie – und der Vergleich müsste einmalig sein.
Sein beharrliches Schauen oder Nicht-Wegschauen deuteten die Erwachsenen als triumphierende und deshalb bewundernswerte Stärke – und im nächsten Moment als freche Anmaßung, die einem verdreckten Jungen nicht zustand.

Zoltán stand da, an der Bushaltestelle, in einer Schlabberhose und einem verwaschenen, aus der Form geratenen T-Shirt, als mein Bus mit einstündiger Verspätung eintraf. Im Schatten eines verhutzelten Baumes stand er, und wir waren fast schon erwachsen an jenem Juni-Nachmittag mit seinem wolkenlos glänzenden Himmel, seinem überragenden Blau. Ich ging auf Zoli zu, auf seine weit geöffneten Augen. Und plötzlich war es da, dieses unabweisbare Gefühl, dass ich etwas übersehen hatte in diesem Blick – nicht irgendetwas, sondern etwas Wesentliches, und dieses Übersehene hatte nicht nur mit der Gewohnheit zu tun, dem Glanz in seiner souveränen Erscheinung so viel Beachtung zu schenken, dass alles andere verblasste.

Zoli winkte mir mit einer kleinen Geste zu, ich winkte zurück, und je näher ich kam, desto klarer sah ich die Grundierung seiner Augen – und das betörende, alles überglänzende Blau war nur ihre Oberfläche. Ich erkannte, was ich erst viel später formulieren konnte, dass alles in Zolis Augen hineinfloss, ungehindert, ungefiltert. Er nahm alles auf, was da war, und dazu gehörte auch das Verborgene, das, was im Verborgenen bleiben sollte. Sein Blick wusste etwas, was wir anderen nicht wussten. Und dann der Satz von Zorka oder Lajos: Schau dir diese Augen an, so schaut doch ein Gott oder ein Teufel! Und der schüchterne Einwand, dass wir nicht wissen, wie ein Teufel oder Gott schaut, hätte nichts gebracht.

Wir begrüßten uns mit einer langen Umarmung. Zolis warme Schulter, sein angenehm riechender Schweiß. Ich finde, dass du viel zu lange, eigentlich ein Leben lang weg warst mit deinem Kringel-Haar, in dem ich mich immer einnisten kann, sagte Zoli leise. Mit den Fingerspitzen berührte er beiläufig, zärtlich mein Haar, schulterte dann meine Tasche, und wir gingen los, gingen auf dem Bürgersteig, der an manchen Stellen von den Hitze-Sommern aufgeworfen war. Maulwürfe! Zoli bückte sich, fuhr lachend mit seiner Hand über die Asphalt-Hügel, und mir fiel auf, dass ihm seitlich ein Zahn fehlte. Nein, keine Prügelei, nur die billigste Methode, einen schmerzenden Zahn loszuwerden.
Ach, weißt du, wir sollten doch als Erstes mein Häuschen begrüßen, meinte Zoli, als wir vor dem Gartentor standen; Zolis Haus – das war seine Scheune. Da seid ihr ja endlich,

rief Zorka, winkte mit der Zigarette aus dem Küchenfenster, kommt schon, die grüne Hölle kann auf euch warten, aber Lajos und ich sind schon ungeduldig! Zoli schaute mich an, und ich wusste, was sein Blick bedeutete. Wir würden später Zeit haben, im Garten zu verschwinden. Wenn Zorka und Lajos in ihre Träume abtauchten, könnten wir uns in aller Ruhe absetzen, um uns in Zolis Scheune die Kostbarkeiten anzusehen, die er gesammelt hatte, seit wir uns das letzte Mal gesehen haben. Hanna, du wirst dich ganz bestimmt noch wundern, sagte Zoli, als wir auf das Haus zugingen, das Eisenbahner-Haus der Familie Kertész, dem »die Zeit« oder »die Umstände« weiter zusetzten, mit der immer augenfälligeren Wunde rechts der Haustür, den Rissen und dem abbröckelnden Verputz, hinter dem die matten Ziegel zum Vorschein kamen.

Habt ihr getrödelt? Habt ihr uns extra auf die Folter gespannt, euch amüsiert, ohne uns? Na dann setzt euch mal her!

Ich setzte mich neben Zoli an den Küchentisch, fürchtete mich, wie immer, vor dem lauten Redeschwall von Lajos und Zorka, bewunderte die Selbstverständlichkeit, mit der sie gleichzeitig auf mich einredeten, während ich überzuckerten Kaffee schlürfte und dazwischen, so gut ich konnte, ihre Fragen beantwortete. Zoli beugte sich über sein Rätselheft, stand manchmal auf, um unaufgefordert Nachschub aus dem Kühlschrank zu holen. Lajos und Zorka hatten es eilig, die Bierflaschen von ihren lästigen Kappen zu befreien. Ununterbrochen hielten sie sich

ihr *Jelen Pivo* an die Lippen, und ich lehnte dankend ab, als sie mir auch eine Flasche anboten. Später koch ich uns was, wenn wir ein bisschen aufgewärmt sind, sagte Zorka, und schon bald musste Zoli Karten legen, wir wollen doch mal das Glück befragen, meinte Zorka. Ich scheiß auf das Glück, die Zukunft, auf dieses ganze Weiber-Gewäsch, spottete Lajos. Trotz allem schielte er auf die Karten, als Zoli sie mit flinken Fingern auf den Tisch blätterte. Beim Herz As schrie Zorka auf, küsste Zoli auf die Stirn, und Lajos verlor die Nerven, hob den Tisch an, so dass die Karten und ein paar leere Flaschen ins Rutschen kamen, auf den Boden fielen, der dumpfe Knall des mit Kippen randvoll gefüllten Aschenbechers. Wie auf Kommando schimpften Lajos und Zorka schamlos aufeinander ein. Zoli bückte sich, kroch auf dem Boden umher, und ich beeilte mich, ihm zu helfen, aber auch als ich neben ihm kniete, entkam ich den hässlichen Worten nicht: Während Zoli die Kippen und Scherben auf seine Handfläche legte, flüsterte er, fast andächtig, die Beschimpfungen seiner Eltern vor sich hin.
Was soll das, was tust du da, fragte ich Zoli leise, und er schaute mich an, mit diesen unvergessenen Augen. Fast unhörbar sagte er nach einer Weile, Hanna, aber die schlechten Worte – wir müssen sie doch ganz bestimmt auch aufheben.

Und danach war es ruhig. Der Wasserhahn tropfte auf das dreckige Geschirr, ein paar Fliegen surrten durch die verqualmte Luft. Jetzt schliefen sie, schnarchten. Zolis Vater auf dem Sofa, mit offenem Mund, struppigem Haar. Wie es sich struppt, sagte Zoli. Der unterste Knopf vom Haus-

kleid seiner Mutter lag auf dem Boden wie ein mundloses Gesicht, und der Stuhl wippte mit ihr. Auch sie war einmal ein Kind gewesen, dachte ich. Zoli setzte sich nochmals an den Küchentisch, kaute an seinem Bleistift, schrieb:
Männlicher Nachfahre
-S-O-H-N-
Hauptstadt Italiens
-R-O-M-
persönliches Fürwort
-M-E-I-N-

Aber jetzt nichts wie los, Hanna! Wir werden von meinen Schätzen erwartet.

3

Ich habe es öfters gesehen, die groben, kräftigen Hände, die dich erwischt haben, deine Mutter, wie sie dir im Morgenmantel eine aufs Ohr haut, wie nebenbei, als gehörte es zum Tag.
Die Erwachsenen machen mich nervös, hast du gesagt, aber wenn ich erwachsen bin, dann bin ich ein Apfelbaum, eine Akazie oder eine gefleckte Birke! Und du hast mir ein Stück Baumrinde gezeigt, die du im Nachbardorf gefunden hast. Völlig ausgeschlossen, man kann kein Baum sein, habe ich geantwortet, ein Mensch ist einfach ein Mensch – und du hast mich ungläubig angeschaut. Aber Hanna, trotzdem kann ich ein Baum werden, oder wenn du das besser verstehst, ich kann doch so sein wie ein Baum, und du kannst unmöglich den Wunsch nicht verstehen, wenn du schon einmal, ein einziges Mal, ein Lindenblatt gestreichelt hast, im Frühling, dieses samtige Blatt-Kleid ist das Schönste, was du je in deinem Leben berührt hast, glaub mir. Und mir ist ganz heiß geworden, weil ich dich nicht verstanden habe, weil ich dich verstanden habe. Und dein ständiger Rotz hat mich abgestoßen, deine dreckigen Füße.

Du hast mich immer »Hanna« genannt, gesagt, dass das »H« die feinste Möglichkeit sei, sich hinzusetzen, sich auszuruhen. Ich habe nie nachgefragt, weil ich es mochte, dass du mich »Hanna« genannt hast.

Warum höre ich nicht mehr, wie deine Stimme klingt, wenn du »Hanna« sagst? Es kann nicht sein, dass ich den Klang deiner Stimme vergessen habe, mich aber ganz genau an deine Sätze erinnere.

Kertész Zoltán. Vielleicht muss ich den Namen so lange aufsagen, bis ich deine Stimme wieder höre. Auf dem Holzkreuz steht dein Name in einem Hauptsatz. Hier ruht Kertész Zoltán. Ein falscher Satz auf einem billigen Holzkreuz. Aus Platzmangel, möglicherweise. Wir hoffen, dass Kertész Zoltán hier ruht. Wenigstens das hätte man schreiben können, es hätte nicht viel mehr Platz gebraucht, und ich kratze mit meiner Schuhspitze über den trockenen Boden. Ich weiß nicht einmal, ob ich deine Stimme gemocht habe oder nicht. Deinen Blick hingegen sehe ich klar vor mir.
Warum steht man an einem Grab, warum stehe ich hier und versuche mir vorzustellen, wie sie dich begraben haben, wie die Weiterlebenden dich zu Grabe getragen haben? Ich weiß nicht, ob du mich hörst, aber ich spreche mit dir. Ich möchte wissen, wann dein Sterben begonnen hat, darum bin ich hier. Ich möchte nicht bemitleiden, sondern verstehen, und alle Vermutungen sollen sich aus dem Staub machen. Und es gibt etwas, das ich am liebsten in übertriebener Lautstärke loswerden möchte, in diese falsche Stille hineinschreien will, immer und überall, dieses überhöhte Leiden, der Opfertod in allen Variationen – mein Leib, der für euch hingegeben wird –, und wenn ich ihn nicht will, diesen Leib? Den geopferten Sohn? Kann man sich ein grausameres Opfer vorstellen als den gekreuzigten Jesus, der keinen eigenen Willen haben darf?

Du kannst nicht wissen, dass der Kreuzweg Christi direkt an deinem Grab vorbeiführt, grobschlächtige, mit römischen Zahlen versehene Holzschnitzereien, die nur deswegen erträglich sind, weil sie jedem Wetter ausgesetzt und entsprechend verwittert sind. Du weißt nicht, dass die dritte Station des Leidensweges direkt hinter deinem Grab steht. Und mir kommt es falsch vor, jetzt irgendeine Zärtlichkeit zu fühlen – jedes Kreuz erinnert mich daran, dass die Erlösung des Menschen auf Grausamkeit beruht; die mit Nägeln durchbohrten Hände und Füße Christi, sein schiefhängender Kopf, blutend an Stirn und Schläfen und an der Seite – wie oft habe ich dieses Bild gesehen? Und nachdem ich mich ausgiebig dafür geschämt hatte, den leidenden, verhöhnten Christus betrachtet zu haben, der außerdem noch fast nackt am Kreuz hing, überkam mich immer eine unbändige Lust auf das Leben. In eine cremige Süßigkeit hineinzubeißen, warmes Wasser auf meinen Fingerspitzen und im Gesicht zu fühlen, die Augen zu schließen, zu denken, dass es alte, böse Träume gibt, die irgendwann aufhören zu existieren.

G-L-Ü-C-K-S-L-A-U-N-E

Meine Mutter hackt Knoblauch, sie steht beschürzt am Küchentisch, ich sitze, sie hackt und raucht, ihre Haare hat sie auf die silbrigen, löchrigen Rollen gewickelt, und wenn sie ihr Haar aufwickelt, trällert sie, ist gut gelaunt, »lalalalalali, in der Liebe befiehlt kein Richter, lalalalalali« -L-O-C-K-E-N-W-I-C-K-L-E-R-L-I-E-B-E- schreibe ich in mein Heft -L-A-L-A-L-A-L-A-L-A-L-A-L-I- sie spickt mir eine Knoblauchzehe zu, Zoli, hilf mal, statt blöd zu kritzeln, und ich nehme ein Messer aus der Schublade, ein Holzbrett, die Schale schaffe ich spielend, beim Schneiden rutsche ich aus, das Blut tropft auf das Brett, Blutbrett, denke ich, nehme den Stift, um das Wort aufzuschreiben, Mutters Asche fällt auf den Tisch, glimmt auf, frisst ein Loch in das Plastiktischtuch, »in der Liebe befiehlt kein Richter« trällert Mutter und hackt weiter
das Blut tränkt das Brett, färbt die Zehe hellrot, meine Hände, sie fangen an zu zittern und wieder der Moment, wo die Dinge sich verschieben, sich ineinander schieben – Mutters Glück, es ist warm, es fließt und fließt aus ihren Lockenwicklern, und ihr Gesicht wird hell vor Glück, ihr Gesicht ist so glücklich wie meines, wenn ich in einem warmen Sommerregen stehe, bade, ohne schwimmen zu müssen
im Küchenfenster zeigt sich ganz bestimmt ein festliches, feierliches Abendrot, Glücksrot, denke ich und will das

Wort aufschreiben -G-L-Ü-C-K-S-R-O-T- aber meine Hände sind Bäume, die herbstliches Laub abschütteln, die Äste der Akazie, die im Küchenfester zu sehen sind, fast schon nackt, und meine eine Hand zittert blaurot, Blaubeere, Maulbeere, die Weltmeere – ich bin der König aller Kreuzworträtsel – und ich versuche aufzustehen, mich auf dem Tisch abzustützen, Mutter drückt mich auf den Stuhl -T-O-L-P-A-T-S-C-H- muss ich jetzt tatsächlich noch ein Pflaster holen? ich habe gar keine Zeit, dich zu verarzten, hörst du? ich muss nochmals weg! pass besser auf, hörst du?
bleib hier, sage ich zu Mutter, als sie tupft, das Pflaster auf meine Wunde klebt, du bist doch am Kochen!
jaja, am Kochen, ich hab was vergessen, hörst du? ich bin gleich wieder da, und du hol noch ein paar Karotten aus dem Garten, meine Mutter hebt ihren Kopf vor dem Spiegel, zupft sich die Rollen vom Kopf, so rasch wie sie die Hühner füttert, das Wasser aus dem Brunnen pumpt, und sei so lieb, versorg meine Lockenwickler, ja?
ja, Mutter
Mutter, die sich öliges Rot auf die Lippen schmiert, »ich male mir einen Mund! lalalalalalali«, so trällert sie – wann kommst du wieder? und Mutter schaut mich an, mit Lach-Augen, Lock-Haaren, Lippen-Rot, sobald ich alles besorgt habe, sagt Mutter und ist schon weg, sie schmeißt die Tür hinter sich zu und drückt die Pedale, so rasch, so rasch, als müsste sie sich selbst einholen, und ich, ich zupfe im Garten an den Grünwedeln, hole eine Handvoll Karotten aus ihrem Tiefschlaf, setze die Suppe auf, im Zoli-Lahm-Arsch-Takt!

Papa hat sich in Mutters Sessel fallen lassen, als er nach Hause kam, er schlief, bis die Suppe bereit war, und wir haben uns über die Teller gebeugt, Papa und ich, Papas Borstenhaar im Dampf, auf dem Tisch die Teller die Löffel das Brot, nein, Vater hat nicht gefragt, wo Mutter ist, nein, ganz bestimmt hat Vater fast nie gefragt, wo Mutter ist, die Zähne hat er an den Bierkapseln gewetzt, er ließ seinen Adamsapfel hüpfen, bis er im Sessel eingeschlafen ist, und ich saß auf meinem Thron, meine Krone das gelbe Küchenlicht über mir, oh ja, ich habe die Buchstaben in die weißen Felder platziert, habe die Buchstaben festlich in die Lücken in mein Heft gemalt
Heiligenerzählung
-L-E-G-E-N-D-E-
erwachsener Mensch männl. Geschlechts
-M-A-N-N-
häufig
-O-F-T-
wild
-R-A-S-E-N-D-
und kurz nach Mitternacht musste ich mich umziehen, meine Arbeitskleider hängen am Kleiderhaken in der Küche, wie immer habe ich Vaters Wangen getätschelt, er hat gebrummelt, hat seinen Arm um mich geschlungen, wir sind durch die Küche ins Schlafzimmer gewackelt, er hat gewimmert, als ich ihm die Socken von den Füßen gezogen, ihn zugedeckt habe, ich muss zur Arbeit!
Papas Borstenhaar auf dem Kissen
Papas Bierbauch unter der Decke
morgen wird alles anders, habe ich zu Papa gesagt, hörst

du? morgen wird alles ganz bestimmt besser, und du weißt doch, dass du mich abholen musst, ich warte auf dich, wie immer, hörst du?

ja, und aus Vaters offenem Mund ist das Leben getropft, ich habe es genau gesehen, und ich habe ihm ein Leben gewünscht, wie es die Steine haben, aber sicher, jedes Steinchen wird gewaschen und gewärmt, und alles, was warm werden kann, ist kostbar, das wissen Sie doch besser als ich, oder?
und ich habe meinem Papa Glück gewünscht, weil das Glück -G-L-Ü-C-K- eine Luke ist, aus der man an einem warmen Tag den Kopf hinausstreckt, oder nicht?

S-T-A-U-B-S-T-U-N-D-E-N

Ich habe Mehlsäcke geschleppt, stundenlang, habe mich mit den Säcken unterhalten, ihnen Namen gegeben, mit dem Pfarrer habe ich gescherzt, über den guten Hirten, dass er doch den schlechten Hirten braucht, damit er ein guter sein kann, du heiliger Pfarrsack voller Gnade, habe ich gewitzelt, ihn freundschaftlich in die Seite gestoßen, und meinem Oberstufen-Lehrer habe ich gesagt, dass sein Kopf ein Fass sei, sein Hirn aber eine Nuss, und ich habe sogar ein Lied gedichtet, aus Fass und Nuss, und der Herr Lehrer hat geschmunzelt, wie begabt, wie begabt, der Kertész Zoltán, und ich bin um den Gelehrtensack getanzt, habe dabei auf seine Nickelbrille gehaucht, du riechst nicht nach Seife, ist ja kein Wunder, nicht wahr, Zoltán? Aussatz, so hat mich der Herr Lehrer genannt, wenn er gut gelaunt war – oh, ein Wort mit zwei Türen, habe ich zum Gelehrtensack gesagt
-A-U-S-S-A-T-Z-
Kertész Zoltán bei der Nachtschicht, ich, allein mit meinen Säcken
geschwitzt habe ich immer, wussten Sie, dass man nachts nächtlich schwitzt? jaja, die Nacht, der Mond hält den Schweiß weniger auf, Schweiß hinter meinen Ohren, zwischen den Fingern, Jacke, Hose, alles feucht, während ich 50-Kilo-Säcke schleppe, schleife, und der Metzgermeister war auch da, im Halbdunkel, ihm habe ich beim Schlach-

ten geholfen, dieses Töten, dieses Schweinesterben, dieses Quieken bis in die höchsten Wolken hinauf, die Schweineohren in flattrigem Fieber, das Schwein und ich
Schweine-Zoli
Schweine-Töter
und die Würste, die ich nach Hause bringe, schmecken gut der Bäckermeister, er hat mich überrascht, als ich mit meinen Säcken geredet habe, hat mir eins auf den Hinterkopf gegeben, ich sei zu kurz im Mutterbauch gelegen, hat mich angetrieben, mit seiner schlechten Laune hat er mich zum langen Tisch gejagt, Mehl, Hefe, Salz, los! und ich rühre das Wasser ins Mehl, schneller, und der Bäckermeister klatscht Mehl von seinen Händen, die Hefe, ich zerbröckle sie, löse sie in lauwarmem Wasser auf, das Halbdunkel, weil das Elektrische Geld frisst, schönes Geld, das man für die warmen Brote bekommt, und ich knete die klebrige Masse, der Pfarrer sagt »Geheimnis des Glaubens«, und ich sage beim Kneten »Geheimnis des Brotes«
aber in dieser Nacht will die kostbare Luft nicht in den Teig, der Meister brüllt in meinen Nacken, die Brote! die Brote! und der Kuchen für die Taufe!
die Brotlöcher sind nicht ausgeschlüpft, und die Hefe, sie riecht nicht
ja, ich habe es gewagt zu sagen, dass die Hefe nicht riecht, dass sie womöglich, es könnte ja sein, vielleicht nicht frisch ist
die Meistermütze, sie fliegt mir um die Ohren, meine klebrigen Hände, die der Meister an den Gelenken packt, mich schüttelt, als wäre ich ein Obstbaum
Zigeunerbastard! elender Lumpensammler! Hundesohn

eines Analphabeten! deine blauen Klunker täuschen mich nicht!
aber damit Sie es nicht vergessen: ich bin der König der Kreuzworträtsel
damit Sie es wissen: in meinem Garten wächst alles, was ich will
und ob Sie es glauben oder nicht: ich habe -V-I-S-I-O-N-E-N-
der Meister schäumt in dieser Nacht, er schmeißt mit mir um sich, und ich sage ihm, dass es den Broten nicht guttut, wenn er so wütend ist, dass die Hefe davon auch nicht frisch wird, und er erzählt es mir nicht, aber ich weiß, dass seine Nachbarin, Frau Szalai, die Brote umsonst kriegt, die Brote umsonst und ein frisch gebackenes Lächeln dazu
verfluchter Kertész!
der Ellbogen des Meisters, der mich wieder an der Schläfe trifft, ich taumle, halte mich am Tisch fest, die Teigschüssel fällt zu Boden, der Knall, bevor ich auch falle, zur Schüssel hin, und ich rieche sie plötzlich, die Hefe, sie ist frisch, so, wie sie sein soll, Hefe im Mund, Blut im Mund, mein Meister im Ohr, steh auf! hör auf zu simulieren, Kertész! los, Kertész, auf die Beine! die Meisterhand im Nacken, die warmen, rauen Hände des Meisters, Tatzen oder Pranken oder fürs Grobe gemacht, seine Kraft, die nicht ausreicht, ich, schwerer als ein Mehlsack, der Meisterfluch im Ohr, verdammt, auf die Beine! ich mach dir Beine! piss dir auf den Schädel, Zigeunerschwuchtel!
armer Meister, ich kann ihm nicht sagen, dass ich nicht aufstehen kann – kann nicht – Blut und Mehlstaub, daneben: Meisterfüße, du sollst aufstehen, deine Schuld, wenn wir nicht fertig werden –

ein Stiefeltritt und eine Backstube, die sich dreht, und warum ist das Blut so dunkel, so rot, vielleicht, weil das Blut auf den Teig tropft, Hefe! rufe ich, die Hefe! und kippe weg
-W-E-G-

als mein Vater mich abgeholt hat, bin ich wieder auf den Beinen gestanden, ja, und der Meister und ich haben geschwiegen, und dann sagte der Meister lachend, Morgenstund hat Gold im Mund, und er packte mir ein Brot ein, die Meisteraugen, die sagen, dass wir uns doch verstehen, ja, wir verstehen uns! und ich habe mich hinter Papas Rücken gesetzt, wir sind davongefahren, wie jeden Morgen, und auf dem Motorrad, im Geknatter, im Fahrtwind, hatte ich zum ersten Mal dieses Schläfenflattern, jemand, der an dieser bestimmten Stelle anklopft, mir etwas einflüstern will
vielleicht war das der Anfang vom Ende
nein, ich habe nicht verstanden, was mir dieser Jemand sagen wollte, ich habe versucht, genau hinzuhören, und bin vom Motorrad gefallen, in den Staub
nein, das war nicht der Anfang vom Ende, wie Papa immer wieder behauptet, aber der Meister hat in seinen roten Hals geschnauft, was soll ich mit einem, der an der Teig-Maschine rumzittert? verstehst du, Zoltán, du taugst nicht mehr zum Bäcker, und in seinen Augen hat ein einziger Triumph geleuchtet, aber ich bin kein Unmensch, du kannst bleiben, im Lager, bei den Säcken, hast du kapiert? –

ja, der Meister hat mich zum Hilfsarbeiter gemacht, obwohl ich ganz bestimmt nicht an der Teig-Maschine gezittert habe, das habe ich Mutter erzählt, als sie irgendwann vor mir stand, nachts, in der Küche, mit verrutschtem Kleid und Augen, die so blickten, als wäre ich eine Beute, ihre Beute, Mutter, ich bin immer noch gut und geschickt und gescheit an der Maschine, es ist nicht deswegen, habe ich gesagt, Mutter, die sich eine Zigarette ansteckt, schnauft, schnauft und raucht, das leise Pfeifen, das aus ihrem Hals schlüpft

ich vertraue dir etwas an, mein Sohn, komm schon, komm näher, und im aufwirbelnden Rauch zieht Mutter mich zu sich, sie legt mir ihren Arm mit aufgeregtem Schmuck-Geklimper um den Hals, sie stützt sich auf mir ab, langt nach ihrem Schuh und nach dem zweiten, knallt sie ins Eck, so! ohne meine Hoheitsschuhe können wir uns doch besser in die Augen sehen, nicht wahr? und Mutter lacht, schnauft direkt in mein Ohr, du hast ja keine Ahnung, wie sehr sich dein Großvater einen Jungen in den Kopf gepflanzt hatte, schon Tage vor meiner Geburt hat er sich volllaufen lassen, und weißt du, wie ich hätte heißen sollen? Józsi, Józsika, und später dann József, ja, Zoli, du sollst wissen, dass aus mir auch ein Junge hätte werden sollen, und du kannst dir bestimmt Großvaters Begeisterung vorstellen, als ihm die Hebamme die frohe Botschaft überbracht hat, ein Mädchen! und Mutter, die mich in die Wange kneift, zieht lange an ihrer Zigarette, so lange, bis die Asche ganz langsam vom Filter kippt, hin zu Mutters nackten Füßen, der rot-grau-blaue Flickenteppich, oh Mutter, die Asche, die Asche! der Teppich!

Zoli, hör doch auf mit deinem Getue, und Mutter reibt mit der rechten Ferse über die glimmende Asche, aber ja doch, wie es sich für einen echten Kerl gehört! und Mutters trockenes Lachen, als sie ihren Arm von meinem Hals löst, nach der Flasche langt, aus mir ist zwar kein Junge geworden, aber aus dir, Zoli, ein schöner, blauäugiger Junge, und Mutters Stimme klebt an ihrem Gaumen, weißt du eigentlich, was du für eine Verpflichtung hast? und sie setzt die Flasche an, sie trinkt aber nicht, oh nein, sie bohrt ihren Blick in meinen Zoli-Schädel, in meine blauen Kulleraugen, du kriegst die Kurve doch noch, Zoli, oder? und Zoli, schreib deinem Lieblingscousinchen, sie soll uns wieder mal Geld schicken, schreib ihr die Wahrheit, dass du – momentan – ein Kuli geworden bist, hörst du?

ich bin nicht einmal mehr ein Kuli, nein, es gibt nichts mehr zu sagen, ich bin ein -I-D-I-O-T- ein -L-U-M-P- ein -B-A-S-T-A-R-D- ein -T-A-U-G-E-N-I-C-H-T-S-

aber doch, in meinem Kopf ist alles noch da, und wenn alles noch da ist, oder vieles, dann kann ich nicht nur ein Verlierer sein, ein Glücks-Zerstörer, ganz bestimmt geht hinter den Augen nichts verloren oder vergessen, so wie die Bäume nicht vergessen, dass sie Blätter haben, auch wenn es Winter ist, wissen sie, dass sie Blätter haben, die im Frühling, wenn es wärmer und noch ein bisschen wärmer wird, wieder sprießen, oh, die Bäume, die Blätter, das Blattgrün, ich weiß doch in meinem Kopf, dass es das alles gibt.

4

Statt zur Arbeit fahre ich wieder zurück zu meiner Wohnung, rufe in der Schule an, ich bin krank! Man wünscht mir gute Besserung. Ich stopfe ein paar Kleider in meinen Rucksack, drei Bücher, ein Notizbuch. Im Treppenhaus bemerke ich, dass ich meinen Pass vergessen habe, und als ich wieder in der Wohnung stehe, kommt mir meine Kurzentschlossenheit, Kopflosigkeit absurd vor. Ich trinke ein Glas kaltes Wasser, mache mich frisch, meine Stirn, meinen Nacken. Wasser hilft meistens. Molekül, fällt mir ein, Doppelbindung, und ich schultere meinen Rucksack, drehe den Schlüssel um – ich bin immer noch aufgeregt.
Am Bahnhof grüße ich den Engel von Niki de Saint Phalle, den fülligen Schutzengel, der in der nüchternen Bahnhofshalle über den Reisenden schwebt. Ich verdrehe meinen Kopf, um ihm die Ehre zu erweisen, kaufe dann im Reisebüro ein Ticket nach Budapest. Wann fahren Sie zurück?, fragt die Frau am Schalter. Keine Ahnung. Also nur hin? Ja, und die Frau tippt, ohne mich anzuschauen, und es kommt mir so vor, als habe sie die Entscheidung getroffen. Ihre mit Sternchen verzierten Fingernägel klimpern über die Tastatur, versichern mir, dass ich mir noch keine Gedanken über das »Zurück« zu machen brauche. Einmal Zürich–Budapest mit Halbtax, zweite Klasse. Und ihr Leuchtstift markiert routiniert die Wagen und Abfahrtszeiten. Ob sie mir über die Verbindungen nach Jugoslawien Auskunft

geben könne. Sie antwortet höflich, das könne sie beim besten Willen nicht. Sie wisse nur, dass es eine Busverbindung nach Serbien gebe, aber machen Sie sich bitte auf ein Chaos an der Grenze gefasst! Ich bedanke mich, verspreche mit einem Lächeln, dass ich ihrer Bitte nachkommen werde, und lasse mir eine gute Reise wünschen.

Vor einer Telefonkabine bleibe ich stehen, mich an den Satz meines Geliebten erinnernd, ich solle ihn doch bitte benachrichtigen, bevor ich etwas Unüberlegtes tue. Ich nehme den Hörer in die Hand, hänge wieder ein.

Im Zug halbiere ich ein Xanax. Ich weiß, dass mich schon das Geräusch beruhigen wird, das trockene, leise Knacken, wenn ich die Tablette in meiner linken Handfläche breche. Ein sehr effektives Produkt der pharmazeutischen Industrie, hat mein ehemaliger Arzt gesagt – oder kann man auch »verflossener Arzt« sagen? Es wirkt, auch wenn man nur daran knabbert, und ich schließe die Augen, um die Minuten abzuwarten, bis sich mein Puls verlangsamt, der Zug sich in Bewegung setzt. Ich ziehe mein Notizbuch aus der Tasche, notiere mir einen Gegensatz, jenen zwischen der protzigen Erscheinung der Chemiefabriken, in Basel beispielsweise, und den kleinen, edlen Packungen, die problemlos in allen Taschen Platz finden.

In Wien muss ich übernachten, weil ich in den falschen Zug gestiegen bin. Wir fahren nach Paris, sagt der Schaffner, gibt mir mein Ticket zurück, Eiffelturm, Notre Dame, verstehen Sie? Ich schaue auf, nein, ich verstehe ihn nicht, ich bin, wie man sagt, in mein Buch vertieft, habe während des Umsteigens am Wiener Westbahnhof weitergelesen. Paris? Ja! Und jetzt? Notbremse ist nicht zu empfehlen, und der Schaffner blickt mich mit gespieltem Ernst an. Beim nächsten Halt aussteigen, meine Dame!

In Wien verbringe ich eine schlaflose Nacht in einem winzigen Hotelzimmer. Ich setze mich auf einen Klappstuhl, schaue aus dem Fenster, dessen Rahmen mit grüner Farbe frisch lackiert ist, und es gibt nichts Besonderes zu sehen, nur einen Hund, der im matt beleuchteten, engen Innenhof etwas zu suchen scheint und manchmal aufschaut, als würde ich ihn irritieren; der Hund, der im Grunde mich irritiert, mit seinem zerfetzten Ohr, seinen hastigen Suchbewegungen zwischen Müllsäcken, beschädigten Möbeln, einer Kartonschachtel voller Bücher und Schuhe. Ich lege mich hin, um kurze Zeit später wieder aufzustehen, das Licht anzuknipsen. Ich will dem Hund die Schuld zuschieben, dass ich schlaflos bleibe, dem Hund und den ausrangierten Objekten. Stattdessen fühle ich, nachdem mich der Hund erneut ein paar Sekunden lang angeschaut hat, eine Wärme, die mich ratlos macht, hilflos – warum soll ein Straßenköter und diese nächtliche Szenerie des Nutzlosen in mir eine Wärme erzeugen?
Warum eigentlich nicht?
Was würde mein Geliebter zu diesem Hund sagen? Vermutlich, dass er ein »richtiger Hund« sei, der, nur um zu verlieren, das Licht der Welt erblickt hat. Und Serge würde die Schultern etwas hochziehen, dabei lachen, weil er es nicht ganz ernst meint. Schau dir den Hund an, seinen mickrigen, eingezogenen Schwanz, sein Fell, das an einen alten Teppichvorleger erinnert. Und Serge würde es genießen, über die Verlierer-Typen zu reden, die sich ewig ab-

strampeln, statt sich mit ihrem Verliererschicksal abzufinden.

Ich ziehe mich an, trinke ein Glas kaltes Wasser, erkläre dem erstaunten Nachtportier, ich müsse im Innenhof frische Luft schnappen, und ich gehe über den Hof, stelle mich neben die Kartonschachtel; ich lasse mich vom Hund beschnuppern, während ich in der Schachtel stöbere. Bücher, die irgendjemand gelesen und dann aus einem bestimmten Grund aussortiert hat. »Ich bin Soldat. Und ich bin gerne Soldat«, so die ersten Sätze von Horváths *Ein Kind unserer Zeit*. Ich stecke das Buch rasch ein, deute den Fund als glücklichen Zufall. Der Hund springt an mir hoch, als ich ein paar gelbe Schuhe mit korkigen Absätzen probiere. Passt!, rufe ich ihm zu und fühle mich sogleich als die neue Besitzerin von Korkschuhen, die ich bislang immer abartig gefunden habe. Mein wackliger Gang amüsiert mich, ich werde üben müssen, mit meinen neuen Schuhen zu gehen. Der Hund hingegen begleitet mich tänzelnd bis vor die Tür. Ich muss ihm gut zureden, dass ich ihn nicht mitnehmen könne, streichle ihn sogar, entgegen meiner Gewohnheit, Hunde nie zu streicheln, und ich verspreche ihm schon bald etwas von meinem Frühstück zu bringen. Der Portier schaut mich wieder erstaunt an, als ich mich, mit meinen Schuhen in der Hand, bei ihm erkundige, ob ich nicht eher frühstücken könne. Es täte ihm leid, nein, das sei nicht möglich, frühestens ab sieben. Dann also um sieben, und ich steige die Treppe hoch, in den ersten Stock, öffne die Zimmertür, und ich bleibe in der Tür stehen, stütze mich mit meiner linken Hand am Türrahmen ab, die Schuhe baumeln an meiner rechten – ja, er ist es. Ich erkenne ihn sofort, obwohl es dunkel ist. Zoli sitzt auf dem Klappstuhl, schaut aus dem Fenster, genauso wie ich es vor einer halben Stunde getan habe. Ein Witz fällt mir ein, ein absurder, der einzige Witz, den ich mir merken kann. Soll ich dir einen Witz erzählen, frage ich leise. Zoli antwortet nicht, und ich lege mich aufs Bett, an den äußersten, linken Rand. Wenn man mit jemandem befasst ist, sieht man ihn, flüstere ich, das ist nicht außergewöhnlich, nur folgerichtig, logisch. Und ich schaue ihn an, wage es kaum, zu atmen, und ich lege meine Hände seitlich unter meinen Kopf, um Zoli besser zu sehen, frage ihn, ob er den Hund sieht, ob er noch da ist. Ich erinnere ihn daran, dass er mich das letzte Mal, als wir uns gesehen haben, in Szeged abgeholt hat. Weißt du noch? Es regnete in Strömen, und du hast gesagt, wenn es so schüttet, wird unser Skelett endlich auch gewaschen!

Ich rede und rede, im Flüsterton, vermutlich, um die Angst zu vertreiben. Erst als es dämmert, wage ich, mich zu bewegen, und nun, am Bettrand sitzend, bin ich mir nicht mehr sicher, ob es Zoli ist, der da immer noch reglos vor dem Fenster sitzt. Sein Gesicht ist blasser, schmaler als Zolis Gesicht. Seine Haare kurz geschoren, dunkler, als ich es in Erinnerung habe. Bist du es? Ich blicke auf seine nackten Füße, seine Zehen, die eingerollt sind, gekrümmt. Ich stehe auf, weil ich weiß, dass ich ihn an seinen Augen erkenne, und ja, ich bin sicher, dass es seine Augen sind – dieses Blau, für das ich immer noch keinen passenden Vergleich gefunden habe – ich stütze mich ab an der porösen Wand und fange an, haltlos zu weinen.

5

Dein Vater hat dich gefunden, neben dem Tisch, auf dem Küchenboden. Zerknülltes Papier zwischen deinen verkrampften Fingern. Zoli ist tot, sagte Lajos am Telefon, erstickt, das habe die Autopsie ergeben. In seiner Luftröhre hat man ein Stück Brot gefunden, und in seinem Blut wurden verschiedene Medikamente nachgewiesen, in erhöhter Konzentration. Umgebracht hat er sich nicht, ganz sicher nicht, Gott bewahre! Und Lajos weinte. Ich sagte das Unpassendste, nämlich, er solle daran denken, dass sein Anruf ein Vermögen koste. Ich würde ihm Geld schicken, ja, morgen schon, und ich fragte Lajos, ob er von der Post aus anrufe. Er antwortete nicht, weinte eine ganze Weile, sagte dann, in den letzten zwei Wochen habe Zoli keinen Anfall mehr gehabt. Er hat sogar wieder gesprochen, ein paar Sätze. Stell dir das vor, Anna!, und ich fühlte meine kalte Hand am Hörer. Der Neurologe in Belgrad habe doch versichert, er könne langsam wieder Fuß fassen im Leben, mit den richtigen Medikamenten könne er sogar wieder arbeiten. Ich hörte die Stimme von Lajos, sah deine Füße vor mir, lange, schmale Füße. Unglaublich, wie schnell du laufen konntest. Wann ich zum letzten Mal mit dem Arzt gesprochen habe, wollte Lajos wissen. Vor wenigen Tagen, antwortete ich. Und, was hat er gesagt? Er war, ja, er war zuversichtlich, und er hat mir immer wieder versichert, dass man Zoli im Militärkrankenhaus die falschen Medikamente gegeben habe. Siehst du, und die Stimme von Lajos hat sich überschlagen, jetzt hatte er die richtigen Medikamente, es ging ihm besser. Und Lajos fing wieder an zu weinen, zu schluchzen. Ist Zorka wieder aufgetaucht, fragte ich, auch deshalb, weil ich sein Weinen nicht mehr aushielt. Der Himmel am Arsch, sie ist wieder aufgetaucht, als sie gehört hat, dass Zoli tot ist. Und weißt du, was Zorka gesagt hat? Ich sei schuld an seinem Tod.

L-A-C-H-G-E-S-C-H-O-S-S-E

In Zrenjanin war ich Soldat, sie haben mich geholt, sie haben mich mit Stiefelfüßen geholt, nachts, ich habe die Nacht aufgeweckt mit meinen Schreien, mit meiner Katzenmusik, dem Gejammer eines unreifen Mannes, ich habe gewiehert wie eine alte Stute, gequakt wie sieben Frösche, ich habe so bemitleidenswert ausgesehen wie eine Rose, die man köpft, schrei nicht so, dass die Butter ranzig wird, und meine Mutter hat in ihrem Mund ein Feuer angesteckt, sie hat mir Rauchsignale geschickt – ich hol dich da raus – ganz bestimmt hat sie mich mit ihren Rauchsignalen beschwichtigt, und sie hat Kaffee aufgesetzt, mitten in der Nacht, Kaffee so dunkel im grellen gelben Küchenlicht, und die beiden Männer haben ihn im Stehen geschlürft, mich immer gefesselt mit ihrem Blick, und mein Vater in seinem gestreiften Pyjama, blau-hellblau-blau-hellblau, er hat geredet und geredet und dazwischen in den Trog gespuckt, seinen Eisenbahner-Nachtrotz, diese flitzende Spucke also meines schnauzbärtigen Papas mitten in der Nacht, und seine Worte wie die warmen, frisch gebackenen Semmeln, die aber ganz bestimmt mein Beruf waren und nicht seiner!
ihr tut ja nur eure Arbeit … Soldat sein ist Männersache … ist Ehrensache … hab auch mal gedient … Panzer gesteuert, keine leichte Sache … einem Mann wird die Ehre in die Wiege … jeder Mann wird zum Mann beim Mili…

ach Lajos, sei still! so Mutter, und Vaters Spucke, sie ging daneben, plitschte auf den Boden, neben Mutters Füße, die in Pantoffeln steckten -P-A-N-T-O-F-F-E-L-N- und Mutter schnappte blitzschnell nach der Pantoffel, schmiss sie Vater an den Kopf, und ich duckte mich, unter meine Arme duckte ich mich, mein Schirm schützte mich vor dem lauten Regen, meine Ohren, weil es bis in alle Ecken dröhnte, die Lachgeschosse, mein Vater, die beiden Soldaten, meine Mutter am lautesten
lach lach lach doch mein Sohn, Schildkrötensohn!
und ich habe meinen Kopf wieder ausgepackt, ich habe aus meiner Duckdeckung geschaut, du wirst jetzt Soldat, sagte mein Vater ohne Kittel im Pyjama mit nackten Füßen und Dreck unter den Nägeln
aber es ist doch Krieg, habe ich – ich habe es gesagt – ach was, du kommst in die Kaserne, die trainieren dich fit! und du wirst ein richtiger Mann, sagte meine Mutter mit flötender Stimme, ein richtiger Mann und ein Held, wie ihn die Lieder besingen, ja!

-S-C-H-I-L-D-K-R-Ö-T-E-N-S-O-L-D-A-T-
-S-C-H-W-E-I-N-E-B-O-R-S-T-E-N-P-A-P-A-
-M-U-T-T-E-R-S-C-H-O-S-S-

es war sanft, aber es war da, das Schläfenflattern, als ich die Haustür aufmachte, weil ich doch den Apfelbaum gesehen habe, den Pflaumenbaum, meinen Garten, meine glanzblättrigen Rosen
ich habe ihre Dornen im Brustkorb gespürt, und das Flattern wurde stärker, weil ich geradeaus gehen musste, zum

offenen Laster hin, und ich weiß ganz genau, wie viele Schritte es sind bis zu meinem Garten, zwei Treppenstufen und dann vierunddreißig
links von mir der Soldat, der mich in die falsche Richtung getrieben hat, gestoßen – immer schön geradeaus – sein Armwerkzeug hat mich daran gehindert, meine Schritte dahin zu lenken, wo sie jeden Tag hinwollen
um eine Abschiedssekunde habe ich gebettelt, und mein Papa in Pyjama und Trainingsjacke hat gesagt, lasst den Jungen doch noch zu seinem Garten, zu seiner Scheune, er ist ganz vernarrt ...
aber wenn ich eines ganz bestimmt nicht ausstehen kann, dann dieses Wort, ich bin nicht vernarrt! ich bin die Sonne im Garten, die Lichtflecken auf den frühen Morgenblättern, der tröpfelnde Regen, das bin ich, und das Wasser, das in einem wilden Guss die ausgetrocknete Erde belebt ...
ja du kleiner Gott, aber jetzt hopp auf den Laster, hat er gesagt, der Soldat links von mir, habe ich etwas über Gott gesagt, so habe ich gerufen, habe ich irgendetwas verlauten lassen, was den Schöpfer beleidigt? und alles verschwimmt vor meinen Augen, der Laster, auf dem vier, fünf Männer gebuckelt sitzen, und mein Vater, der mir laut ins Ohr sagt, reiß dich zusammen, Zoli! er klopft mir auf die Schulter, gibt mir zwei feuchte Wangenküsse, he, Zoli, sei ein Mann! die Armee wird dir alles Schlechte austreiben, und du kommst gesund und stark wieder zurück, wirst wieder Bäcker, ja? und ich halt deinen Garten in Schuss -S-C-H-U-S-S-
und ich sehe die Nüsse, die Nussschalen, wie sie auf dem sumpfigen Boden verfaulen, den Schmeißfliegen-Überfall

auf die reifen, überreifen Pflaumen, das ausgesetzte Fruchtfleisch, meine Kräuter, die Sommerblumen, die doch ohne Wasser rasch ausbleichen, meine Rosen
alles verschwimmt, Mutters Rauchmund, du kommst als richtiger Mann wieder heim! und bis dahin: zieh dich warm an! fang nicht an zu trinken!! erzähl nichts über dich!!! und vor allem, steigere dich in nichts rein, hörst du? sei kein Weichei, hörst du mich, Zoli?
-Z-O-L-T-Á-N- das bin ich -K-E-R-T-É-S-Z- mein Nachname
und Sie? wer sind Sie eigentlich?

K-A-H-L-K-Ö-P-F-E

Ganz bestimmt frage ich mich, wie die ersten Tage waren, die ersten Nächte in Zrenjanin, jetzt, wo ich endlos sitzen und schlafen und starren kann, jetzt kann ich in meinem Kopf kramen

die ersten Tage und Nächte in Zrenjanin sind ein Stoßen, ein Schwitzen, überall einer, der etwas ruft, mich irgendwo hinschickt, ein ständiges Drehen im Kopf, weil ich nichts verstehe oder anders als verlangt

und die erste Nacht, das weiß ich ganz bestimmt, schlafe ich gar nicht, weil immer einer rechts oder links von mir pfeift – folüüüü – pfeift einer, und ich weiß gar nicht mehr, ob nicht ich es bin, der es tut, pfeifen oder schnarchen oder husten, und ich lege mich so hin, dass ich den Mond sehen kann und er mich, der Mond in seinem milchigen Glanz, und ich frage mich, ob es derselbe Mond ist wie zu Hause, wenn ich aus meinem Winzling-Zimmer oder von meiner Scheune aus zu ihm hinschaue und, ja, ich komme gar nicht zum Ende meines Gedankens, weil nämlich eine Sirene meine Mond-Betrachtung unterbricht, folüüü ist nicht mehr zu hören, nichts mehr ist zu hören, die Wände haben was auszuhalten, fällt mir ein, und im Schlafsaal ist es plötzlich hell, mitten in der Nacht, einer wie der andere schießt in die Höhe, als hätte ihn was gestochen, eine Hornisse, aber sicher! und ich staune, wie schnell alle sind, wie verstrubbelt und irgendwie lachhaft, los Mann, ruft einer

neben mir, Alarm! anziehen! und als ich sage, dass ich doch gerade erst angekommen bin, dass ich noch gar nicht angefangen habe, hier zu sein, da sagt der neben mir, spar dir deine Worte, Mann, zieh dich an!
also tue ich es, mich anziehen, obwohl mir niemand erklärt, warum ich es tun soll, und als ich angezogen und bereit und hundemüde neben dem Bett stehe, marschiert einer durch den Saal, und es ist so still, so still und ehrfürchtig wie in der Kirche – mir fällt sogar das Marien-Lied ein, das mir immer die Kehle zugeschnürt und ausgetrocknet hat, weil es so schön war, ach Maria, die heilige Flamme meines Herzens ... ich bin also fast in einer Andachtsstimmung mit Weihrauch und allem, was dazugehört, als der Marschierer, ein Dekorierter, präzis vor mir stehenbleibt, mir seinen harten Wind ins Gesicht schreit
das hätte es natürlich, das können Sie bestimmt verstehen, nicht gebraucht, dass er mich so weit wegführt von meinem Marien-Lied, er schreit, dass das ein Alarm ist, und wenn man einen Alarm hört, dann muss man sich unverzüglich anziehen, weil, wenn es einen Alarm gibt, dann muss man in Bereitschaft sein, und dieses Mal ist der Alarm nur dazu da, um den Neulingen zu zeigen, was ein Alarm ist, ab morgen wissen nun alle, was das bedeutet, und morgen werden dann alle Neuen die Uniformen bekommen und die Waffe, und wenn man einen Alarm hört, die Sirene, ebenjene, die jetzt gerade zu hören gewesen ist, dann ist es Pflicht, null Komma plötzlich die Uniform anzuziehen, uniformiert und bewaffnet bereitzustehen, egal, ob es Tag oder Nacht ist, verstanden?
und das war nun sehr merkwürdig, dass alle aus einem

Hals aus einer Kehle »Verstanden« riefen, ich musste erstaunt um mich schauen, und der Dekorierte meinte, dass auch ich bald wissen werde, wie der Laden läuft, jeder weiß sehr rasch, wie der Laden läuft, fügte er noch hinzu, und er schrie dieses Mal nicht, oh nein, es klang fast fürsorglich, und im Grunde hätte ich gern gewusst, ob mein Eindruck stimmt, dafür hätte ich ihn fragen müssen, aber so viel hatte ich bereits begriffen, dass so einer wie ich einen Dekorierten nicht einfach irgendwas, irgendeine Kleinigkeit fragen darf, Nachtruhe! schrie er und machte kehrt und eilte durch den Saal und musste möglicherweise, nein, ganz bestimmt musste er noch was Dringendes erledigen, so eilig wie er marschierte

das war eine Lektion, die erste in Zrenjanin, nach einer Sirene musst du so schnell wie möglich wieder schlafen, sonst bist du am nächsten Tag eine tote Fliege, und das kann sich niemand leisten, sagte Miloš, der rechts von mir schlief und gurgelte, wenn er schlief, ein helles Gurgeln mit einer langen Pause dazwischen, und ich hätte ihn gern noch etwas gefragt, zum Beispiel, ob es jede Nacht eine Sirene gibt und Deckenbeleuchtung, aber Miloš schlief schon, und ich lag wach, drehte mich wieder zum Mond, dem die Sirene eine pompöse Krause hingeblasen hat, graugefleckte Wölkchen, oh ja, ich versuchte es mit Lachen, mit Summen: »was bedeutet mir die Welt? was bedeutet mir die schöne Welt? eine Blume kann ich nicht sein ... schön reden ... wozu? schon bin ich eingereiht, marschiere ...«

ja, am nächsten Tag in Zrenjanin wird aus mir -K-E-R-T-É-S-Z-! oder -S-O-L-D-A-T-! oder -S-O-L-D-A-T-K-E-R-T-É-S-Z-! und Kolink schert mir die Haare, mein Kopf wird haarlos – mein Gesicht aus Augen und Nase und Mund und Ohren – fast geräuschlos fällt mein Haar zu Boden, sicher, ich weine, er weint, sagt Kolink, wer wird denn so empfindlich sein wie ein Zivilist? mein Haar, es ist abgeschnitten, und Kolink schiebt mein Haar mit der Stiefelspitze beiseite, meine flaumigen Haarhügel auf dem Boden – ich kann gar nicht aufhören zu weinen
Kolink klopft mir auf die Schulter, die Armee, das Vaterland hat Anrecht auf unseren Nacken, Kertész, das weiß jeder, auch jeder Frischling, das Vaterland liebt und braucht uns – ohne Haare! und Kolink lacht, als ich frage, und das abgeschnittene Haar, das auf dem Boden liegt, als hätte es nie jemandem gehört, was passiert damit? und Kolink, er schüttelt den Kopf, als ich mich bücke, nach meinem Flaum du Scherzkeks, was willst du damit?
aufbewahren, ich wollte ja nicht, dass du mir ins Haar schneidest, und genau deshalb muss ich das aufbewahren, was du mir abgeschnitten hast! und Kolink meint, ich sei verrückt, he Kerl, das lebt nicht mehr, dein Haar, und schon bald hätten sich die Läuse bei dir eingenistet, das ist nicht angenehm, sag ich dir!
er könne es mit Bestimmtheit nicht wissen, ob mir das angenehm gewesen wäre oder nicht, sage ich zu Kolink, der weiter seinen Kopf schüttelt, er könne es nicht wissen, ob es mir nicht angenehmer gewesen wäre, Läuse zu beherbergen! und ich forme mein Haar zu einem Nest, lege es in den kleinen Schrank, den sie uns zugeteilt haben, und ich

fasse immer wieder an meinen Kopf, meinen Schädel – bis ich es endlich begreife, dass nichts mehr da ist

und ich schmücke jeden Kopf, ganz bestimmt schmücke ich die ersten Tage jeden Kopf, der mich anspricht, den ich sehe, mit Haaren, ich bin richtig verfolgt von Locken und dicken Borsten und Scheiteln, ganz einfach, weil nichts mehr da ist, nur Kahl-Köpfe, weil ich mir vorstellen muss, wie jeder mit Haaren, mit einer Haar-Pracht ausgesehen hat –

ich male Buchstaben, in aller Ruhe, nur die Mäuse wühlen in den Wänden, und in Zrenjanin waren die Wände übrigens so hoch, dass es unmöglich jemandem nützen konnte – mein Tango, er liegt mir zu Füßen, ich drücke den Bleistift aufs Papier:
-S-C-H-M-U-C-K-L-O-S-
-G-E-S-C-H-O-R-E-N-
-L-E-E-R-

K-A-S-E-R-N-E-N-K-Ü-C-H-E

Die Rosen die Rosenkartoffeln sind meine zarten, allerliebsten Kartoffeln, man muss sie nämlich nicht schälen, nur da und dort etwas abschaben muss man sie, am besten schmecken sie, wenn man sie mit einer Bürste putzt und sie im Ofen bäckt, oh ja, leicht gesalzene und mit Fett, mit Schweinefett beschmierte Rosenkartoffeln aus dem Ofen sind das, was ich ein Festessen nenne – und Danilo meint, ich solle ihm nicht die Ohren vollquatschen, wir hätten nicht so viel Zeit, ich solle lieber schälen oder bürsten, was auch immer, 30 Kilo Kartoffeln seien eine ganze Menge
ich stehe also in der Küche, mit Danilo und ein paar anderen – die Küche in Zrenjanin, wir sind immer zu spät, es ist immer zu viel Arbeit – und wenn ich eines ganz bestimmt nicht kann, dann ist es schnell arbeiten, und ich habe es gesagt, zu Danilo, ich kann nicht schneller sein, als ich bin, da hat er gelacht, fast gebrüllt hat er, weil er es so komisch fand, du wirst dich schon noch überholen, hat er gemeint, weil, die Küche ist das Herz jeder Kaserne, unsere Aufgabe ist es, pünktlich ein Rudel Wölfe zu füttern, und wenn wir schlampen, ist hier die Hölle los!
das hat natürlich Eindruck auf mich gemacht, und Danilo schob den Kiefer nach vorn, schnippelte die Kartoffeln, und die Scheibchen schmiegten sich so aneinander, als wären sie gar nie eine ganze Kartoffel gewesen, aber sicher machte es mich nervös, dass er mir mit allem voraus

war, mit den Kartoffeln und Karotten und Kürbissen, und sicher habe ich Danilo bewundert, beim Zwiebelschälen, beim Zwiebelhacken, ich habe sogar aufgehört zu arbeiten, so sehr musste ich ihn bewundern, und ich habe mir seine Augen angeschaut, die ganz und gar nicht getränt haben, ja, Danilo hat mir beigebracht, was der Ausdruck »Maulaffen feilhalten« heißt

ich habe also nicht mehr Maulaffen feilgehalten, habe, so schnell es eben ging, gearbeitet, und das ging ganz bestimmt besser, wenn ich Danilo nicht gesehen habe, ich rutschte mit meinem Brett von ihm weg, in eine Ecke, was Danilo wiederum nicht gepasst hat, wenn ich ihn sehe, würde ich von ihm lernen, hat er gemeint, oh ja, das kannte ich schon, dass immer einer einen Scheinwerfer braucht, aber ich brauchte meine Ecke, blieb also da, schnippelte, fing an zu erzählen, die Geschichte von der Steinsuppe, kennst du die? ich will sie nicht hören, meinte Danilo, aber ich kümmerte mich nicht darum, ich musste erzählen, etwas anderes denken, weil ich spürte, wie es anfing, die Aufregung an meinen Schläfen, in meinen Knien …

ich erzählte also von einem Soldaten, der nichts mehr, gar nichts mehr zu essen hatte, und er war so hungrig, dass er überall anklopfte – oh, es dauerte lange, bis eine alte Frau die Tür öffnete und den Soldaten fragte, was er will, eine Steinsuppe kochen, hat er geantwortet

eine Steinsuppe? fragte die alte Frau und bat den Soldaten herein, obwohl es doch schon sehr dunkel war und sie sich immer vor jedem Fremden gefürchtet hat, aber sie war eben auch neugierig, die alte Frau, sie wollte dringend wissen, wie der Soldat die Suppe, die Steinsuppe kocht, und er legte einen Stein in einen großen Topf und füllte ihn mit Wasser auf

haben Sie eine Karotte und ein Stückchen Petersilienwurzel? ja, doch, antwortete die alte Frau und brachte ihm das Gemüse, und der Soldat legte es ganz sorgfältig, wie ich es tun würde, in den Topf

ob sie ihm nicht noch eine Kartoffel bringen könnte, eine möglichst große? und die Frau brachte sie ihm, eine schöne, dicke Kartoffel, der Soldat hat die Kartoffel gewaschen, sie geputzt und in den Topf gelegt, und dann rührte er wieder die Suppe um, haben Sie vielleicht, rein zufällig noch ein Stückchen Wurst, fragte der Soldat

Wurst, ja Wurst habe ich immer zu Hause, antwortete die alte Frau, brachte sie ihm und auch die Wurst hatte Platz im Topf, und dann haben sie die Suppe zusammen gegessen, sie hat geschmeckt, sogar sehr gut hat sie geschmeckt, und die alte Frau fragte den Soldaten, können Sie mir Ihren Stein verkaufen?

herrlich, deine Geschichte, meinte Danilo, meinten die anderen, wie einfältig und rührend blöd ist sie doch, deine Alte, an solchen Leuten kann man sich eine goldene Nase verdienen, und sie haben es nicht besser verdient, wenn sie so blöd sind, und jeder fragte, ob ich noch eine andere Geschichte auf Lager habe, man kann sich ja richtig amüsieren mit mir – ich war natürlich erstaunt, dass ich es war, der alle zum Lachen, zum Spotten brachte, aber das hatte ich ja gar nicht gewollt, dass alle lachen, und ich wollte erklären, dass die alte Frau doch gar nicht, ganz und gar nicht blöd sei, man könne sich doch wenigstens vorstellen, dass der Stein der Suppe einen Geschmack gibt ... ja, da haben wieder alle gelacht, einen ganz speziellen Geschmack hat ein Stein in der Suppe, aber noch viel spezieller ist dein Stein, wenn man in ihn hineinbeißt, rief Danilo, und sein Lachen, es klang wie eine Krankheit, und ein anderer rief, dass er die Geschichte auch kenne, aber mit einem rostigen Nagel! na Kertész, da schmeckt die Suppe garantiert noch spezieller, und ich weiß, jeder hat weiter geschnippelt und hantiert und sich gekrümmt vor Lachen, außer einem, nämlich Jenő, und ich habe mich dann in der Mitte der Küche aufgestellt, um etwas zu sagen, eine Art Erklärung abzugeben, über Steine und ihre Beschaffenheit, dass ein rostiger Nagel doch ganz und gar nicht vergleichbar ist mit einem Stein, möglicherweise habe ich sogar geredet, aber natürlich war ich – ich war doch viel zu leise, und Danilo, seine Stimme schwappte über mich, alle Mann Daumen aus dem Arsch, die Märchenstunde ist vorbei! Kertész los, du hast noch einen Berg vor dir!

steigere dich in nichts rein, so Mutter und rupfte an ihren Lockenwicklern, wenn sie mich nicht verstanden hat, ich ihr aber etwas erklären wollte – das will niemand hören und ich schon gar nicht! aber immer sollte ich ihr von meinen Träumen erzählen, was ich im Kaffeesatz sah, ihr Horoskop wollte meine Mutter von mir wissen -H-O-R-O-S-K-O-P- was bringt mir der heutige Tag, mein blauäugiger Sohn? natürlich musste es etwas Schönes sein, und ich kannte es von den Illustrierten, vom Radio, wie man einen Zuckerguss aus Worten serviert, aber allzu großartig durfte es nicht sein, weil meine Mutter dann wütend wurde, wenn es nicht eingetroffen ist – oh ja, aber meine Erklärungen wollte meine Mutter nie hören, dann sagte sie, steigere dich in nichts rein! als ich ihr erklären wollte, was ein Toten-Leben ist, dass es doch durchaus vorstellbar ist, ein Leben oder ein Tod zwischen Leben und Tod, du hast einen Kabelsalat, ein Knuddel-Muddel im Kopf! und sie rupfte an ihrer Frisur, vergaß, dass zwischen ihren Fingern eine rauchende Zigarette steckte, fluchte dann, weil ich ihr das Haar angesengt hatte, aber ja doch, sie würde mir verzeihen, dieses eine Mal

natürlich, in allen Einzelheiten wollte ich erklären, was mir die Geschichte mit der Steinsuppe bedeutet, genau deshalb stellte ich mich in die Mitte der Küche mit meiner neuen, weißen Schürze, und ich hatte einen Schwitz-Schnauz von den Dämpfen, und die Sonne, sie heizte ganz schön ein, ich habe nach Luft geschnappt, nach Worten, die aber irgendwo hängenblieben, kurz vor den Lippen, und ich konnte also nichts erklären, oh und mein Schläfenflattern fing wieder an, als Danilo mich anschnauzte, was ich da zu suchen habe, Kertész, wird's bald, weiterarbeiten! und ich rieb meine Finger, um mich zu beruhigen, es gibt noch eine Menge zu tun, bis die Meute kommt, sagte Jenő, führte mich zu meinem Platz, und er stellte mir ein Glas Wasser hin, trink, flüsterte er, das hilft!

Jenő hatte, wie soll ich sagen, er hatte von Anfang an ein Verstehen für mich, dass etwas los war, dass ich in einer Aufregung war, und er wechselte seinen Platz, arbeitete neben mir weiter, und er flüsterte mir zu, du hast schon recht, die

alte Frau hat dem Soldaten als Einzige die Tür geöffnet, also kann sie nicht nur blöd sein, und wenn man Hunger hat, muss man sich etwas einfallen lassen!
ja, und ein Stein, das sei doch das Älteste von allen Zeiten und deshalb ganz bestimmt etwas Besonderes, habe ich leise geantwortet, und ich habe Jenő angeschaut, von der Seite, habe gesehen, dass wir gleich groß oder klein waren, vor allem war es eine Wohltat, ein Aufatmen, neben ihm zu stehen, und ich habe mich beruhigt, oh ja, wenn nicht dieser eine namens Jenő gewesen wäre, für jeden Menschen muss es doch wenigstens einen Jenő geben!

und ich kritzle, kratze mit dem Stift, lege meinen Kopf auf den Tisch, kritzle weiter, beiße mir auf die Lippen, damit nichts, aber auch gar nichts über meine Lippen kommt, kein Schrei, kein Lied, nichts, ganz bestimmt ist aber alles in mir enthalten, für immer.

6

Wenn sich die Straße erstreckt, sich hinzieht, scheinbar über den Horizont hinaus, wenn eine Landstraße so tut, als wollte sie nicht mehr aufhören, nie mehr, als müsste sie mir in ihrer Banalität eine wesentliche Erkenntnis aufzwingen, mich im unbekümmert schaukelnden Bus daran erinnern, dass wir alle auf die Unendlichkeit zusteuern, von der wir nichts wissen, die wir mit Hoffnungen ausstatten – die Seele, die Seele ist unsterblich! –, dann bin ich erleichtert, dass der Chauffeur die Fahrt abrupt unterbricht, den überladenen Bus mit einem Ruck zum Stehen bringt und jeder Zweifel an unserer Lebendigkeit sich in der natürlichen Empörung der Fahrgäste auflöst, indem sie sich in der Aufzählung dessen, was alles hätte geschehen können, fast schon freudig überbieten.
Mögliche Prellungen, Gehirnerschütterungen, die das Resultat der heutigen Fahrt hätten sein können, geschwächte Herzen, die von solchen unsanften, tölpelhaften Bremsaktionen verschont werden müssten, das alles kümmert den Chauffeur offenbar nicht, und nachdem er aufgestanden ist, seine Hände ein paar Mal in die Lenden gedrückt hat, dreht er sich lächelnd um, sagt, los, liebe Gemeinde, ab an die frische Luft.
Vielleicht ist es der freundliche Wildwuchs seiner Augenbrauen, möglicherweise die leichte Bewegung seiner linken Hand, die seine Gemeinde nach draußen bittet, vielleicht

ist es der Anblick seiner verschwitzten Stirnfransen – etwas an ihm trifft mich so unerwartet, dass ich zwar aufstehe, aber bei meinem Sitz stehenbleibe, das folgsame Einreihen der Fahrgäste in die Schlange hin zur Tür beobachte. Die Schäfchen und ihr Hirte. Und der kleine Aufruhr hat sich bereits wieder gelegt und sich in ein Geplauder verwandelt, ein zärtlich bangloses Gerede, dass man froh sei, sich endlich wieder die Beine zu vertreten. Man könne von Glück reden, dass es vor zwei Tagen endlich wieder geregnet habe, diese unsäglichen Hundstage davor, *kánikula!*, und eine magere Frau, die sich ihren rostroten Haarball zurechtzupft, klagt, dass das Reisen einem jede Frisur verderbe.

Los, los, raus mit euch, ruft der Chauffeur nochmals, wir haben nicht ewig Zeit! Er habe ganz recht, die Zeit sei ein ungeduldiges Kind, vor allem im Spätsommer, sagt eine Frau, die sich am Chauffeur vorbeidrückt, schwerfällig aus dem Bus steigt. Nicht nur im Spätsommer!, ruft er ihr nach. Ich stehe immer noch zwischen den Sitzreihen, rühre mich nicht, obwohl außer mir und dem Chauffeur niemand mehr im Bus ist.

Kennen wir uns, fragt mich der Chauffeur, macht mich so darauf aufmerksam, dass ich ihn schon die längste Zeit anstarre. Ich bin in einer etwas merkwürdigen Stimmung oder Gefühlslage, antworte ich entschuldigend. Das ist doch nichts Außergewöhnliches, jedenfalls nicht in der heutigen Zeit, und der Chauffeur bedeutet mir mit einem Handzeichen, endlich auszusteigen. Wieder bin ich über die Leichtigkeit, mit der sich seine dicken, schwieligen Finger bewegen, verblüfft. Und als er etwas zurückweicht, Richtung Frontfenster, damit ich bequem die wenigen

Stufen nach draußen nehmen kann, bleibe ich direkt vor ihm stehen, als hätte er mich zitiert wie ein Lehrer seine Schülerin. Ich müsste jetzt in der Schule sein, meiner Klasse das Pronomen erklären. Die Partikel. Oder den Krieg. Nein, ich habe kein schlechtes Gewissen, dass ich hier bin und nicht in der Schule.

Steigen Sie aus, junge Dame, sonst muss ich doch denken, dass Sie seltsam gestimmt sind.

Seltsam gestimmt oder aufgewühlt. Ein Arzt längst vergangener Zeiten hätte vermutlich im Zusammenspiel meiner Säfte ein Ungleichgewicht festgestellt. Und Paracelsus hätte mich mit einem wissenden Lächeln angeschaut und gesagt: »Denn der Mensch kann nur vom Makrokosmos aus erfasst werden, nicht aus sich selbst heraus.«
Stattdessen steckt eine Packung Xanax in meiner Tasche, ein außerordentlich gut verträglicher Stimmungsaufheller, wie mein Arzt sagte, nachdem er mir auch noch ein Schlafmittel verschrieben hatte, und: Essen Sie abends weniger, das hilft! Treiben Sie Sport, auch das hilft! Mein ehemaliger Arzt. Major, bekennender Radfahrer und Familienvater.
Ich ignorierte die Pillen, die gutgemeinten Ratschläge. Nachts blieb ich weiterhin schlaflos, am Tag schlief ich überall. Kaum drehte ich mich während des Unterrichts zur Wandtafel, fielen mir die Augen zu. Ich schlief im Lehrerzimmer. Auf dem Klo. In der Straßenbahn. Am Tisch, während des Essens. Im Bett mit Serge – am häufigsten beim Küssen, weil mich Küssen beruhigt.

Deine Schlaflosigkeit nimmt groteske Ausmaße an, und noch grotesker ist, dass du die Tabletten nicht nimmst, meinte Serge. Probier's wenigstens mal! Also schluckte ich eine der Pillen und schlief die nächsten dreißig Stunden durch, verschlief einen ganzen Arbeitstag.

Unmöglich, sagte mein Arzt, das kann nicht sein! Bei einer einmaligen Dosis hat das Dormikum normalerweise eine gemäßigte Wirkung. Und er musterte mich, zeigte mir mit seinem rechtwinkligen Blick, dass er entschlossen war, alle Unregelmäßigkeiten des Lebens zu unterbinden, weil sie völlig unnötig seien.

Ich warf die Schlaftabletten weg. Vom Stimmungsaufheller beiße ich fast täglich ein Stückchen ab, belustige mich an der Vorstellung, dass ein paar Krümel der kleinen weißen Pille mich und meine Stimmung aufhellen können, wie hell darf's denn sein? Und beim Aussteigen aus dem Bus wühle ich in meiner Handtasche, die Businsassen stehen in Grüppchen herum, schwatzen mit gedämpfter Stimme, kauen an ihren Broten. Nicht deshalb brauche ich meinen Stimmungsaufheller, sondern weil der Himmel über dem Stoppelfeld blau ist, der blaue Himmel über den Blumen, die nach dem Regen in den gestutzten Feldern mit ungeheurer Geschwindigkeit gewachsen sind, Kornblumen, die Ackerwinde, ein paar Rossminzen. Ich brauche meinen Aufheller, weil alles unerträglich schön ist und mir den Puls in die Höhe jagt, als wäre ich eine Spitzensportlerin – bin ich aber nicht –, weil das Blau blau bleibt, obwohl die Sonne untergeht. Warum hat mir das nie jemand erklärt, dieses Blau, das so blau bleibt, trotz Sonnenuntergang, und die Welt so erscheinen lässt, als wäre sie ein für die Ewigkeit gemaltes Gemälde, so unwirklich schön, für immer geborgen in dieser tiefblauen Schale, dem himmlischen Himmel – und nur ein paar Kilometer weiter entfernt wird geschossen, gemordet, Befehle werden ausgeführt, und nichts und niemand und keine Schönheit hat offenbar die Kraft, auch nur einen Schuss zu verhindern.

Ich wühle nach meinem Kombi-Präparat, um meine Gedanken zu verkleinern, in einen Dämmerzustand zu kippen – Xanax wirkt auch »sedativ« – nein danke, vielen Dank, sage ich zur Frau mit dem rostroten Haarball, die mir ein Stück Mohnstrudel anbietet, mir bereits das Geheimnis ihres Rezeptes verrät, um mich charmant darauf aufmerksam zu machen, was ich mir entgehen lasse.

Wissen Sie, wie diese Naturschönheiten hier heißen, unterbricht sie der Chauffeur, der filterlos raucht und auf die weißen Blüten im Stoppelfeld zeigt. Er schaut mich und die rothaarige Frau so an, als würde er uns gleich ein spektakuläres Geheimnis verraten. Meine Damen, Teufelsdarm nennt der Volksmund diese lieblichen Blümchen mit ihren trichterförmigen Blüten; ziemlich garstiger Name, wenn Sie mich fragen. Die rothaarige Frau streckt dem Chauffeur ein Stück Strudel hin, wer kennt dieses Unkraut nicht? Jaja, liebliche Blümchen, die metertief Wurzeln schlagen, sich in Windeseile um andere Pflanzen schlingen, na sicher, der Teufel blendet, täuscht, produziert hübsch anzusehende Blümchen, die in der Dämmerung sogar noch hübscher aussehen. Teufelsdarm trifft den Nagel auf den Kopf, und die Frau schaut mich fragend an, steckt sich selbst ein Stück Strudel in den Mund. Ackerwinde, so meine Antwort, ich kenne die Blumen nur unter diesem Namen.

Wenn wir jetzt Politiker wären, würden wir aus den Blumen eine Theorie zusammenbasteln, sagt die Frau kauend, nicht wahr? Gott bewahre, lieber nicht, antwortet der Chauffeur, ich muss Ihnen gestehen, ich bevorzuge meine, na sagen wir, primitive Philosophie, aber leider haben wir keine Zeit mehr, meine Damen, und ich bin ja nicht Ihr Philosoph, sondern dafür zuständig, dass Sie alle heil an Ihr Ziel kommen! Er lacht, dreht sich weg, ruft laut, dass die Pause vorbei sei, die Gemeinde solle sich doch bitte wieder in den Bus bequemen, die Fahrt gehe weiter.
Schade, ich hätte mir gern Ihre Philosophie angehört, sage ich zum Chauffeur beim Einsteigen. Na sehen Sie, so macht man sich interessant, und er fährt sich mit der Handfläche über die verschwitzten Haare. Ja, das haben Sie tatsächlich geschafft, und ich bin selbst erstaunt über meine Antwort und mein Bedürfnis, mich länger mit diesem Fremden zu unterhalten. Ich setze mich lieber hin, damit Sie mich nicht – umhauen, wenn Sie Gas geben! Der Chauffeur lacht lauthals, nickt, ja, tun Sie das! Und ich gehe rasch an ihm vorbei, gehe durch den engen Mittelgang, muss meine bereits dösende Sitznachbarin bitten, nochmals aufzustehen, und als ich endlich wieder sitze, fährt der Bus mit einem Ruck los, mit einem charmanten Ruck, und die Nacht hat vom Blau kein bisschen mehr übrig gelassen.

Wenn die Dunkelheit, die vom Staub gereinigte Luft der Sommernacht, der weiche, unregelmäßig regelmäßige Rhythmus der Grillen, die verstreut flackernden Lichter davon erzählen, dass hinter der Dunkelheit ein anderes Leben auf mich wartet; wenn die Fahrt durch die Nacht sich mit der Erinnerung an die vielen Nachtfahrten davor vermischt; wenn die in den dunklen Tönen sich entfaltende Erinnerung mir jetzt aber fast das Herz zerreißt, weil sich diese Reise mit keiner anderen vergleichen lässt, sich von allen anderen dadurch unterscheidet, dass seit einem Jahr eine haltlose Zerstörung in Gang ist, ein noch vor Kurzem von niemandem für möglich gehaltenes Gemetzel; wenn der mehrstündige Stau und die tumultartigen Szenen in Tompa, am Grenzübergang zwischen Ungarn und Serbien, nicht einmal mehr den Gedanken erlauben, eine wundersame, durch die Schönheit der Nacht inspirierte Macht hätte das Morden, Töten, Sterben schlagartig beendet; wenn es also nicht mehr möglich ist, den überladenen Bus zu ignorieren, die Businsassen, die, mich eingeschlossen, über alles geredet haben, nur nicht über den Krieg; jetzt, da die Grenzpolizisten den ganzen Bus auf den Kopf stellen, sich mit bellenden Stimmen Kommandos zurufen, ausspucken, sich über die blühenden Geschäfte die Hände reiben, dann weiß ich endgültig, dass ich diesmal nicht gekommen bin, um meine Verwandten zu besuchen, sondern wegen Zoltán – Zoli. Und die grellen Scheinwerfer am Grenzübergang haben nur eine Aufgabe, nämlich, mir einen einzigen, unvergesslichen Satz in den Kopf zu brennen: Jugoslawien, das Land, in dem du geboren und aufgewachsen bist, existiert nicht mehr.

D-I-E-N-S-T

-Z-R-E-N-J-A-N-I-N-
ich habe das Wort befragt, wieder und wieder habe ich es mir aufgeschrieben, meinen Bleistiftstummel habe ich befeuchtet, auf Papierfetzen, in mein Heft habe ich die Buchstaben geschrieben, sie untersucht, was alles in Zrenjanin drinsteckt, will ich wissen, die -Z-A-U-N-W-I-N-D-E- die in einer versteckten Ecke wächst, wuchert, oh, der Zorn, der versteckte und erstickte und nach faulen Eiern und Kampfer stinkende -S-O-L-D-A-T-E-N-Z-O-R-N-

mit meinen Fingern suche ich nach meinem Schwanz, nein, es stimmt nicht, mein Schwanz ist keine Blume, er hat etwas Blumiges, aber ist ganz bestimmt keine Blume, wie Vater sagt, und mit meinen Augen hänge ich am weißen Mond, oh, ja, mein Schwanz, der sich aufrichtet, zum Mond hin, meine kalten Finger, sie sind flink und wütend, sie wollen etwas erreichen, sie wollen endlich schlafen und ruhig sein, so sein wie der Nachthimmel, ich ziehe meine Knie an, der Mond, er ist weg, verschwunden, hinter meinem Knie-Hügel – alle tun es, irgendwann, unter der Decke, im Klo, obwohl wir Brom trinken, jeden Tag, Tee mit Brom, damit der Schwanz schlapp und schrumpelig zwischen den Schenkeln schläft –
ich fange an zu schnaufen, damit es endlich kommt, das Dickflüssige und Warme, der dampfende Geruch, und ich

bin wütend, weil es nicht kommen will, weil es nicht raus will, es will nicht raus, damit der Schlaf endlich kommen kann, und meine Schenkel, sie zittern, der Mond zeigt sich wieder, ein weißer, kalter König am blauschwarzen Himmel, der mir heute nichts schenkt

Zrenjanin, Schießbefehl, auf Frauen -Z-I-E-L-E-N- Fotografien von Frauen mit bloßer Haut, auf Pappfiguren aufgeklebt, zwischen die Brüste, los! ich schließe die Augen, wer hat die Pappfiguren, wer hat sie ausgeschnitten? oho, hört ihn euch an, den Kertész, was er wieder zu fragen hat! die Vorgesetzten, die zwischen die Beine der Frauen schießen dürfen, der Kommandant zielt und singt, ihr Kin-der-lein kom-met
wir haben gelernt, wir schreiben auf, dass Führung Autorität braucht, »die Vorgesetzten leben Disziplin vor und wirken dadurch erzieherisch auf ihre Unterstellten, auf die Soldaten«, und Jenő und ich, wir lachen Tränen Perlen Kugeln, wenn kein Dekorierter da ist, lachen Jenő und ich Tränen, unser Lachen über Sätze, die Jenő aus dem Reglement zitiert, wir haben etwas verdammt Ungesundes im Bauch, sagt Jenő, das müssen wir loswerden – aber sicher, das Lachen ist in der Armee oft eine lästige Krankheit

Zrenjanin, Kasernenplatz, Hacken zusammenschlagen, wenn ein Vorgesetzter erscheint, und gerade dann der Gedanke an die weichen Blütenblätter meiner Teerosen, hier! rufe ich, wenn die Luft mit »Kertész!« zerschnitten wird, ich will dein »r« hören, schreit der Leutnant, hierrr! ich will dein »h« hören! und gerade dann der Gedanke an Jenő,

Jenős weiche -H-A-U-T- und ich sammle zertretene Schnecken ein, verwundete Häuser, lege sie unter mein Bett, in den hintersten Winkel

es regnet, und der Regen ist Schlamm, in dem wir robben, was mir nichts ausmacht, wenn keiner brüllt, aber meistens brüllt einer, und ich verstopfe meine Ohren mit Klopapier und Dreck, ich beschmiere mein Gesicht mit noch mehr Dreck, damit ich Dreck bin, Arsch zum Himmel! brüllt der Truppenführer, artig Ärsche zeigen und weiterrobben! und alle sind versalzen, haben versalzene Gesichter, weil Kolink seinen Hintern nicht hochkriegt, noch eine Runde meine Herrschaften! schreit der Truppenführer, oder seid ihr lieber Arschlöcher?
wir robben so lange, bis keiner mehr den Hintern hochkriegt – alle werden bestraft, wegen Kolink, die Haartunte! schreit einer, und nach der Strafe wird Kolink verhauen, mindestens drei sind es, die es tun
der -S-O-L-D-A-T-E-N-Z-O-R-N- muss irgendwohin, oh ja, in Zrenjanin fällt der Regen, und ganz bestimmt wächst nur die Faust die -F-A-U-S-T-I-M-S-A-C-K-

stehen, stundenlang, tagelang, aber nicht wie die Bäume, auf Befehle warten, sich nach etwas bücken, obwohl nichts da ist, da ist nichts? brüllt der Truppenführer, seine Stirn, die voller Rosinen ist – dann bück dich nochmal, wer sucht, der findet, verstanden? verstanden! und ich zeige ihm alles, was ich finde, eine Ameise, ein paar weiße Steinchen, eine Kippe, zwei Blattkäfer, ein leeres Schneckenhaus, und der Truppenführer fängt an zu lachen, er kann gar nicht mehr aufhören zu lachen, weil ich wirklich ein herrliches, ein perfektes Exemplar bin für einen, der nicht ganz dicht ist – aber warum denn, frage ich ihn, dann sind Sie es doch auch, nicht ganz dicht, weil Sie hier rumstehen, mir Befehle geben, oh ja

der Truppenführer hört auf zu lachen, ich erinnere mich an seinen Schnauz, eine schwarze und schmale Straße über seiner Lippe, ja Kertész, du wirst gleich sehen, was uns voneinander unterscheidet! und im Schlafsaal muss ich die Kleider zu einem exakten Viereck stapeln

Viereck! so lautet der Befehl, und meine Hände, ich gebe es zu, sind nicht geschickt im Stapeln, sie sind weit weg von »Viereck«

mit einem Dolch zieht der Truppenführer eine Linie von oben nach unten, den Stapel entlang, er bleibt hängen an einem Stück Stoff, und der nächste Befehl heißt wieder »Viereck«, ich habe Küchendienst, sage ich, ich bin zu spät, und der Truppenführer fängt wieder an zu lachen, ist das mein Problem oder deines? ich bringe dir schließlich gerade etwas Wesentliches bei, nicht wahr? der Truppenführer, er hält den Dolch an mein Kinn, ich sehe die Spitze und die Wahrheit und die Krone, die Sie tragen, antworte ich

per-fekt, du hast den Unterschied zwischen dir und mir kapiert! du bist gut, ein braver, guter Idiot, der Angst vor mir hat!

alle sind nackt in der Dusche, die Dusche ist die Vorhölle im Militär, so Jenő, die aufgeschwemmten, geschwollenen Stimmen, Viktor und Lőrinc, und alle johlen, grölen Brüste und Mösen und kalten Stolz in die Luft, haltet endlich die

Klappe! ruft Jenő, und Lőrinc, der Jenő gegen die Schulter schlägt, he Speckschwarte, ich hab genau gesehen, wie du heimlich meinen Apparat bewunderst – du irrst dich, du und dein Apparat interessieren mich nicht im Geringsten, sagt Jenő

so ein verklemmter Klugscheißer, ruft Lőrinc, und Jenő wird rot, im Gesicht und am Hals, na, hab ich dich im Kern erwischt? und Lőrinc fitzt Jenő mit dem Badetuch gegen die Waden, und Jenő wehrt sich nicht, ich bin ganz aufgeregt und nervös und zittrig, weil Jenő nicht einmal ausweicht, so einen müsse man abprallen lassen, meint Jenő später, als ich ihn danach frage, aber Jenő verbirgt sein Gesicht und sagt nichts mehr, als ich ihn frage, ob er das mit Vorhölle gemeint habe

in Zrenjanin sagen uns die Vorgesetzten, dass wir uns vorbereiten für den Frieden, jeden Tag sagen sie uns, dass es den Krieg braucht für den Frieden, in der Küche, ja, da müssen wir uns immer die Hände waschen, für die Hygiene! und dass wir den Krieg brauchen für den Frieden, dieser Satz kommt mir sehr ähnlich vor, irgendwie verwandt mit dem anderen Satz, Hände waschen für die Hygiene! und ich gebe zu, dass es mir sogar gefällt, wie der Krieg und der Frieden zusammengeführt werden in einem Satz, so wie die Hände und die Hygiene einander zugeführt werden

aber ja, das wissen Sie bestimmt, in der Armee, vor allem in der Armee, gibt es Sätze, die fangen irgendwo an und hören woanders auf, und zwischen den Wörtern gibt es keine einzige Verschnaufpause.

S-T-I-E-F-E-L-G-E-S-C-H-W-I-S-T-E-R

Und dann der Tag, als ich meinen Schrank geöffnet habe und außer meinen Heften nichts mehr da war, meine Socken, meine Unterhosen, meine Wäsche, die mir meine Mutter eingepackt hatte, mein Taschenradio, ach, all die Wunderstimmen, die mir nachts unter der Decke in mein Ohr gesäuselt haben, wer hat sie mir gestohlen?
ich habe gesucht, habe überall gesucht, im Schlafsaal, in der Küche, im Waschraum, und habe nichts gefunden -N-I-C-H-T-S- meine Schläfen haben geflattert wie so oft, wenn es in mir eisig wird, wenn ich ausrutsche mit meinen Gedanken, nichts mehr begreife
steigere dich in nichts rein, so Mutter, und im Waschraum habe ich meinen Kopf unters kalte Wasser gesteckt, meine kalten Hände habe ich gegen den Spiegel gedrückt – hätte ich Haare gehabt, hätte ich sie gerauft, wie die alten Frauen, wenn sie sich auf den Brustkorb schlagen und jammern, wenn jemand gestorben ist – ich habe den Haartod gesehen, den Augentod, mein stummer Geist, er hat mich überfallen, in Zrenjanin, im Waschraum, in einem Raum, wo man sich waschen kann, wo die Stimmen in die Ecken knallen und wieder zurück, mein stummer Geist hat mich in aller Heftigkeit geschüttelt, und Jenő hat mich gefunden, hat mich an den Schultern gepackt, ich habe mit einem Tier gekämpft, sagte er später, ich hätte fürchterlich mit den Zähnen geknirscht, gefährlich sei ich gewesen, ja sicher,

auch für mich selbst, und Jenő hat mich auf den Boden gedrückt, um Hilfe gerufen, und ganz bestimmt habe ich an meine Mutter gedacht, es war ein einziger und verzitterter Gedanke an meine Mutter, hol mich hier raus! ich will mit meinen grünen Stiefeln in die Pfützen springen, dieses helle Wasserpfützengeräusch, wie es in die Luft spritzt, ich will es hören! Mutter – ich will auf meiner Gartenbank, vor meiner Scheune sitzen

Zoli, steigere dich in nichts rein! so Mutter

und Vater: was hast du zwischen den Beinen, eine Blume oder einen Schwanz?

sitzen, sitzen den ganzen Nachmittag, und wenn die Spitzen der Bäume leuchtend golden sind, stehe ich auf und hole meine Kanne, Mutter, ich arbeite, ich gieße meine Blumen, Kräuter, Gräser, meine nackten Füße, das Wasser schießt in meine Augen, es sind keine Tränen, ganz bestimmt sind es keine Tränen, jemand schmeißt mit Wasser nach mir, und Jenő ist über mir, verzieht sein Gesicht, er schreit, ich verstehe ihn nicht, weil in meinem Kopf ein ganzes Orchester dröhnt -W-E-R-H-A-T-M-E-I-N-E-H-A-U-T-M-E-I-N-S-T-Ü-C-K-H-A-U-T-G-E-S-T-O-H-L-E-N-?

und Jenős Hand in meinem Mund, als wäre seine Hand ein Knochen – ich mache mir in die Hose, das fühle ich, oder sehe ich es? als mein stummer Geist wieder weg ist und Jenő schnaufend neben mir steht, der Leutnant in voller Montur, er brüllt in die Ecken, und das Gebrülle prallt zurück – was ist hier los? Kertész, los, aufstehen!

und ich rapple mich auf, stütze mich auf Jenő, die Pfütze unter mir, auf dem kalten Boden, die nicht auffällt, weil ich so oder so nass bin, von Kopf bis Fuß, mein Pyjama klebt an

mir, ist zerrissen, meine zittrigen Finger – was ist hier los? und der Leutnant zieht seine ungeduldigen Kreise, kein Adler, aber ein Mäusebussard, ein Raubvogel, ganz bestimmt, ich erzähle ihm nichts vom Augentod, vom Haartod, vom harten Boden, von den Bäumen, die niemand sieht, ich erzähle ihm nichts von meinem stummen Geist, von meiner Wäsche, die weg ist, gestohlen, und der Leutnant ist der einzige Vogel, auf den ich mit meiner Schleuder zielen will, und ganz bestimmt will ich ihn treffen
ich entschuldige mich, in aller Form entschuldige ich mich für den von mir verursachten Aufruhr, sage ich, aber jetzt würde ich gern schlafen ...
er will schlafen, hört ihr, der Kertész will schlafen und redet noch geschwollen daher!
der Leutnant schaut sich um, und erst jetzt fällt mir auf, wer alles da ist, im Waschraum, mitten in der Nacht, der Tag-und-Nacht-Spott in Gyuris Mundwinkeln, Imres graublaue Blitzlichter, Ferenc, Viktor, Lőrinc, ihre hungrigen Gesichter, ihre zerknitterten Pyjamas, und ich, Kertész Zoltán, werde nichts, aber ganz bestimmt nichts sagen, auch wenn der Leutnant mir das Fell ... auch wenn er mir den verdammten Mund ... deinen Schädel werde ich zertrümmern, und da ist sowieso nichts drin, nur die blauen Glupschaugen eines Stotterers!
Kertész ist Schlafwandler, er hat sich den Kopf geduscht und ist dann hingefallen, nichts weiter! und Jenő fixiert den Leutnant, als hätte er nicht gelogen, sondern nichts als die Wahrheit gesagt, ja Jenő, er stützt mich, hat meinen Arm im Griff –
alle Mann Abmarsch jetzt, und Kertész, du schrubbst noch

den Boden und: dein Tag beginnt eine Stunde früher, verstanden?

Jenő hat mir beim Schrubben geholfen, und ich habe ihn gefragt, mit Bestimmtheit habe ich ihn gefragt, warum er das tut, und er hat geantwortet, wir sind Stiefelgeschwister! und Jenő lachte, sein Bauch hüpfte dabei, und ich musste ihn fragen, was das heißt, Jenő hat es mir erklärt, und ich habe seine Erklärung gleich wieder vergessen, weil er in Wellen, in feinen Wellen lachte, in denen ich am allerliebsten abgetaucht und untergetaucht bin.

F-A-H-N-E-N-F-U-R-C-H-T

Nach den Schießübungen, nach den schlaflosen Nächten waren meine Zähne Stricknadeln, aber nicht die Stricknadeln meiner Großmutter, ich habe geklappert und nichts gestrickt, ganz bestimmt habe ich nichts gestrickt, dabei war ich so nackt wie eine Schnecke, ich habe geklappert und gejammert, gewimmert, hör auf, so Jenő, sonst kriegen wir alle was aufgebrummt, und dann bist du am Arsch
oh Jenő
im Klappertempo fügt mein Kopf Wörter zusammen, ein altes Lied, obwohl ich am Arsch bin, weil ich am Arsch bin
»alles, was du wissen musst
alles, was du wissen musst
aus einem Waisenkind
wird ein guter Soldat
wer keinen Beschützer hat
muss ein Schwert tragen
ein Waisenkind
ja, das bin ich«
Jenő, der sich mit mir auskennt, mir wieder den Mund verstopft mit seinem Taschentuch, der mich in seine Decke wickelt, mir meine Arme reibt, die Beine, sei still jetzt, sei doch endlich still!
-S-T-I-L-L-
ich reiße mir das Taschentuch aus dem Mund, ja, ich will

still sein, Jenő, er drückt mich, die machen dich fertig, wenn du nicht aufhörst, die zerlegen dich in alle Einzelteile, Mann, sag deinem Hirn, es soll aufhören, stell dich ab, sagt Jenő, das geht! und er drückt seine Finger aus warmem Teig auf meine Stirn, seine Worte, ganz nah an meinem Ohr, oder glaubst du etwa, dass sie dich ausmustern?, vergiss es Zoli, du wirst nicht ausgemustert, in unserer Zeit brauchen sie uns für ihr Naturgesetz, den Krieg! und weil sie dich dafür brauchen, mein Freund, sollst du ein Blödmann werden, ein Hasser – nein, ich will aber ganz bestimmt nicht ausgemustert werden, ich will, dass mich hier jemand rausholt, meine Mutter, Papa, jemand, der sich für mich – aber Jenő, er hört mich nicht

du sollst ein Frustrierter werden, der es nicht merkt, flüstert Jenő, einer, der tagelang marschiert, sich im Schlamm wälzt und dann mit heißem Gesicht salutiert, dazu müssen sie unsere Furcht vernichten, jeden Tag, bei jedem Appell, bei jeder Übung, glaub mir, wenn wir uns nicht mehr fürchten, sind wir am Ende, dann sind wir tot oder töten, Zoli, sei mutig, tapfer! schreien sie dir in den Kopf, weißt du, was das heißt? stirb oder töte, nichts anderes, glaub mir, ich hab das studiert, Zoli, ich weiß Bescheid, du zitterst doch, weil dein Schiss aus dir rausplatzt, zeig deine Furcht nicht, Zoli, aber behalt sie immer in dir, das muss unser Naturgesetz sein, unser einziges, kapiert?

und ich muss Jenő sagen, dass mein Hund, mein Tango, sich doch auch fürchtet, dass es doch gut und klar und verständlich ist, wenn wir uns fürchten, er verzieht sich in seine Hütte, er macht sich in seiner Hütte ganz klein, sogar unsichtbar, und ich beschreibe Jenő, dass sich Tangos

Fell verändert, wenn er Angst hat, wie soll ich sagen, legt sich sein Fell ganz dicht an seine Hundehaut, und in seinen schwarzen Augen, das solltest du sehen, ist ein Rückzug -R-Ü-C-K-Z-U-G-
und Jenő lässt mich nicht weiterreden, weil ich ihn anscheinend nicht verstanden habe, die Angst ist menschlich und vermutlich das, was den Menschen vom Unmenschen unterscheidet, sagt er, aber hier, gottverdammt, in der Armee machen sie dich fertig mit deiner Angst, das musst du doch verstehen, Zoli, deshalb musst du deine Angst in dir hüten wie eine Kostbarkeit, versteh doch! und Jenő war ganz verzweifelt und aufgebracht, fast hätte ich ihm gesagt, dass seine Augen jetzt so aussehen wie Tangos Augen, wenn er sich fürchtet, aber Jenő zog mich ganz nah zu sich, Zoli, du glaubst doch an deine Bibel, du erinnerst dich sicher an einen Satz, den sie uns in den Kopf gehämmert haben, fürchte dich nicht! denk immer daran Zoli, hast du das kapiert? ich erzähle dir von meiner Kostbarkeit und du mir von deiner, aber sonst bist du aus Stahl, das ist notwendig, überlebensnotwendig, das musst du jetzt und für immer verstehen, Zoli!

ja, Jenő wusste Bescheid, mit Jenős Stimme im Ohr wurde ich ruhig
ich schlief und war wach, träumte, dass sie uns alle an Füßen aufhängen, an Fahnenstangen aufziehen – na los, macht schon, bewegt euch, lasst den Kopf nicht hängen, auf mit den Armen, fliegt, na los! macht schon! wird's bald!

unsere geschorenen Köpfe sind irgendwie anders, irgendwie größer und vielleicht so etwas wie ein Befehl … damit wir uns nicht fürchten, flüsterte ich Jenő zu am nächsten Morgen

und Jenő, einen Moment lang saß er reglos auf seinem Bett, eine Socke lag in seiner Hand, als gehörte sie jemand anderem und nicht ihm

ja, Zoli, das ist es, genau das, wir sollten uns vor dieser glatzköpfigen Furchtlosigkeit fürchten.

7

Niemand erwartet mich. Das ist nicht erstaunlich, da niemand weiß, dass ich hier bin. Ich möchte mir auch nicht vorstellen, wie es wäre, wenn mich jemand erwartete. Der Chauffeur hält mir den Rucksack hin, als ob er mir in einen Mantel helfen müsste.
Im Moment hat Er ja alle Hände voll zu tun. Dennoch werde ich Ihn bitten, Sie zu beschützen, sagt der Chauffeur, und bevor ich seinen Satz begriffen habe, ist er schon wieder im Bus verschwunden. Danke, aber ich glaube nicht an Ihn!, rufe ich ihm nach und werde vom zischenden Geräusch übertönt, mit dem sich die Tür schließt. Ich klopfe an die verdreckte Glastür, winke, als der Bus losfährt.
Ich bleibe stehen, schaue mich um. Nichts zu sehen, außer dem trostlosen Busbahnhof, der in meiner Erinnerung schon immer trostlos gewesen ist. Aber was heißt das schon. Über mir die Leuchtschrift in der Morgendämmerung: *Severtrans. Autobuska Stanica. Autóbusz Állomás.* Zeichen perfekter Vernachlässigung, würde Serge sagen. Flackernde Buchstaben. Unleserliche Fahrpläne. In jeder Ecke stinkt es nach Urin. Schief hängende Abfallkörbe. Und Abfall, der daneben herumliegt. Deine geliebten Bäume, Pappeln und Trauerweiden, die von niemandem gepflegt werden. Rost überall, ein schönes Sinnbild für die rote Verwahrlosung, findest du nicht? Es gibt Gründe, warum es jetzt *so* aussieht. Nein, nicht nur hausgemachte Gründe.

Ich reibe mir die Stirn, verscheuche Serge mit einem Kopfschütteln und setze mich endlich in Bewegung, Richtung Stadtzentrum.
Die Luft ist angenehm frisch. Eine alte Frau fährt mit ihrem Fahrrad langsam an mir vorbei, grüßt mit einem lauten »Guten Morgen«. Auf ihrem Gepäckträger ist ein monströser Leinensack befestigt, hinter dem ihre Gestalt fast gänzlich verschwindet. Seien Sie vorsichtig!, rufe ich ihr nach, und sie schickt mir ein Lachen, ein kurzes Winken mit ihrer rechten Hand, als würden wir uns kennen.

Während der Busfahrt habe ich mir alles zurechtgelegt, mein Vorgehen, dass ich mich von nichts ablenken lassen will. Nur geradeaus gehen, stracks, wie man so schön sagt, schnurstracks ins Stadtzentrum, um mich im Hotel einzuquartieren.
Ich sage mir, dass mich nie jemand vom Busbahnhof abgeholt hat.
Ich überquere eine Straße, von der ich nicht weiß, wie sie heißt.
Ich sage mir, dass mir die Straßen nicht vertraut sind.
Ich sage mir, dass keiner meiner Onkel an der *Beogradska* wohnt.
Ich sage mir, dass ich mich nicht mehr erinnere, wie ich zur *Beogradska* komme, ob es die *Beogradska* überhaupt gibt.
Die *Hajduk Stankova*. Die *Laze Kostića*. Die *Tornyosi út*.
Ich kümmere mich nicht um die rosarot geweißte Musikschule, *zene iskola*, tue so, als hätte sie mich nie interessiert.
Ganz kurz halte ich vor ihren geschlossenen Fenstern den Atem an – nichts zu hören. Es ist zu früh. Ich gehe rasch

weiter, an Häusern vorbei, die vor mehr als hundert Jahren im Jugendstil erbaut worden sind, pastellfarbene Häuser, deren Anmut und Verspieltheit längst verblasst sind. Und zum Takt meiner Schritte höre ich plötzlich die zeitlosen Geschöpfe, die mich mit ihrem schwebenden Gezwitscher ins Stadtzentrum begleiten, das Spottlied eines unbekannten Komponisten singend: *Jaj jaj, die Menschen mühen sich ab, mit Kaisern und Königen, dem Volk. Sie mühen sich ab, mit ihrem Herzen, mit ihrem Stolz und ihrer Klage. Jaj jaj. Und zwischen den Blättern sitzt das Morgenlicht und sieht euch zu, wie ihr euch abmüht, wie ihr euch so jämmerlich abmüht!*

Im Stadtpark, direkt beim Rathaus, stelle ich meinen Rucksack auf eine Bank. Erst jetzt fällt mir auf, wie müde ich bin. Hundemüde, *fáradt mint egy kutya*. Und ich setze mich neben den Rucksack, lehne mich an ihn, schaue zum Hotel Royal. Vereinzelt sind die knatternden Motoren der Zweitakter zu hören. Direkt vor dem Hotel versucht ein Mann mit Schiebermütze laut fluchend seine Tomos Colibri in Bewegung zu setzen. Anschieben, du musst sie anschieben, ruft ein alter Mann, der sein Fahrrad auf dem Bürgersteig neben sich herführt, an dessen Lenkstange vier prall gefüllte Plastikbeutel hängen. Der Morgentau hat deine Eierschaukel beleidigt! Ist schon gut, Großvater, antwortet der Bemützte, ich kenne die Macken meiner Tomoska. Die zickt jeden Morgen, ob Tau oder nicht, ist ganz egal.
Im nächsten Moment springt der Motor an, der Bemützte dreht den Gashebel ein paar Mal auf, kickt den Ständer nach hinten und fährt davon.

Im hellen Knattern, in der bläulichen Wolke taucht ein Gesicht auf, die Haare vom Fahrtwind zerzaust, ein Halbwüchsiger, ein junger Mann, dessen bunt gestreiftes T-Shirt sich aufbläht, ein Kaiserfisch oder ein Verrückter mit unwirklich dünnen Armen, ausgezehrtem Körper, der sich der Geschwindigkeit hemmungslos hingibt, indem er die Schultern seines Vaters loslässt, die Arme über seinem Kopf kreuzt, sein Gesicht dem Himmel entgegenstreckt, als würde er von ihm eine besondere Gabe erwarten. Und ich stehe auf, rufe durch den menschenleeren Park: Zoltán! Zoli! Meine Stimme verfängt sich in den Eiben, Platanen, der Hängebirke, bitte hör auf, Zoli! Du weißt doch, was passiert!
Der Alte mit Fahrrad bleibt stehen, schaut zu mir, ob alles in Ordnung sei, will er wissen. Ja natürlich, alles in bester Ordnung, und ich schaue zum Himmel, schließe die Augen in der Morgenluft, die bereits warm ist, tauche weiter ab in einen Zustand hellwacher Müdigkeit.
Zoltáns milchige Haut. Seine langen Zähne – die Lücken dazwischen. Wie sein Mund lachte, ohne zu lachen. Seine aufgespannten Nasenflügel. Wie sich seine Augen verdrehten, bis sie nur noch weiß waren. Und die Worte, die er nach längerem Überlegen aus seinem Mund entließ, als schenkte er ihnen die Freiheit, einen anderen Sinn.
Der Satz von Dr. Mirjana Glavaški, Fachärztin für Arbeitsgesundheitsschutz:
Der Gemütszustand von Kertész Zoltán ist unterdurchschnittlich. Er hat Schwierigkeiten, zu kommunizieren. Sein Sprechen ist unverständlich, sein Verhalten ist infantil und für andere unerklärlich.

Die unfreiwillige Erinnerung an gelesene Sätze, Sätze wie Zwangsjacken, Waffenlager, Sätze von Ämtern und Behörden, deren Kälte man sich bedingungslos ausliefern muss, um sie in ihrer Rohheit und brutalen Dürftigkeit zu verstehen. Was steckt hinter der Reihung von *unterdurchschnittlich, infantil, unverständlich*? Was bedeutet es, wenn das Verhalten eines Menschen für *unerklärlich* erklärt wird? Und ich öffne die Augen, gebe mir einen Ruck, gehe die paar Schritte zum Hotel Royal.

Das heruntergekommene königliche Hotel, in dem ich heute zum ersten Mal übernachten werde. Drei Jahre vor Ausbruch des Ersten Weltkrieges eröffnet, ausgestattet mit allen zivilisatorischen Errungenschaften des beginnenden Jahrhunderts: fließendem Wasser, elektrischem Licht und Zentralheizung!

Nach mehrmaligem Rufen erscheint ein Mann am Empfang, schaut mich schläfrig und ungläubig an, ein Zimmer? Ja, doch, natürlich haben wir ein Zimmer, und er räuspert sich, als ich ihm sage, dass ich allein bin, aber gern ein Zimmer mit Doppelbett hätte. Deutsch-Mark, Sie wissen? Und er räuspert sich schon wieder. Ja, ich weiß! Er dreht sich langsam um, berührt mit den Fingerspitzen der Reihe nach die an einem Brett hängenden Schlüssel, als müsse er sie zum Leben erwecken. Wir haben in letzter Zeit wenig Gäste, nur ein paar Arbeiter von auswärts, die für eine Weile hier in der Gegend zu tun haben, und er nimmt einen Schlüssel vom Haken, dreht sich wieder um, streckt mir die 222 hin, das beste Zimmer! Er schielt auf meinen Pass, Frau Újházi, ich hoffe, das stört Sie nicht, ich meine, die Arbeiter. Nein, gar nicht, warum sollten sie. Und ob ich ein Frühstück wünsche. Nein, antworte ich, vielen Dank, das sei nicht nötig. Und nein, ich könne mein Gepäck auch selber nach oben tragen. Wie lange bleiben Sie?, ruft er mir nach. Ich tue so, als hätte ich die Frage nicht gehört.

Zimmer 222 riecht nach Sauerkraut. Den Rucksack stelle ich unausgepackt in den Schrank und versuche herauszufinden, wo der Sauerkraut-Topf steht. Vergeblich. Mit ein bisschen Geduld lässt sich das Fenster öffnen. Der ausgestorbene Stadtpark am frühen Morgen – von hier oben, im Überblick, sieht er anders aus, gepflegter. Der Spielplatz mit Schaukel, Rutsche und Sandkasten. Die Sitzbänke. Kastanienbäume, Platanen, Birken, eine japanische Quitte. Sträucher und Büsche, ein paar struppige, dürre Blümchen.

Die breite Straße zwischen dem Hotel und dem Park, die zum Fluss hinunterführt. In den Fünfziger- und Sechzigerjahren, als die Generation meiner Eltern am Sonntagmorgen mit elegantem Rücken auf dem Korso zur Theiss hinunter spaziert ist. Korso, *korzó* – in meinen Kinderohren klang das Wort wie ein Goldregen, ein himmlischer Chor – und am schönsten schwärmte mein Großvater mütterlicherseits von dieser glänzenden Ära. Die wippenden Schritte, die gestärkten Hemdkragen. Das Getuschel und das aufgeregte Gerede im Halbschatten der Bäume. Die Kunst, mit einem Blick, einem kleinen Fingerzeig ein Kompliment zu platzieren.

Ich lasse das Fenster offen, ziehe die dunkelroten Vorhänge zu und lege mich aufs Bett, auf den dunkelroten Überwurf.

Die lange Busfahrt sitzt mir in den Knochen, schaukelt meine Gehörknöchelchen. Das leise Geräusch irgendwo zwischen Hammer, Amboss und Steigbügel könnte mich vom Schlafen abhalten. Oder das grell orange Licht, die dunkelroten Vorhänge, durch die das Sonnenlicht fällt. Brutkasten 222 kommt mir in den Sinn. Vielleicht auch wegen des überdimensionierten Fernsehers, der auf einem Holztischchen gegenüber dem Bett steht. Ich stehe auf, ziehe den Überwurf vom Bett. Mit dem schweren, nicht nach Sauerkraut, sondern nach Javel riechenden Stoff packe ich den Fernseher ein. Sieht nicht schlecht aus, mein eingepackter Kasten. Er soll ohne mich vor sich hinbrüten.
Ich lasse mich aufs Bett fallen, versuche mir die nächsten Tage vorzustellen. Ob ich zuerst auf den Friedhof gehen soll oder nach Zrenjanin. Vermutlich zuerst auf den Friedhof. Und einen Tag später nach Zrenjanin. Der Gedanke an Zorka macht mich nervös, bringt meinen Puls wieder auf Trab. Am liebsten würde ich Zorka nicht sehen. Sie vor allem nicht hören. Und ich höre sie schon, wie sie den Rauch einsaugt, ihn wieder ausstößt, als sei dieses hastige Ein- und Ausatmen ihr Lebensantrieb. Und Lajos? Es hat nur Sinn, mit ihm zu reden, wenn Zorka nicht dabei ist.

Ich stehe wieder auf, um Horváths *Ein Kind unserer Zeit* aus meinem Rucksack zu nehmen. Ich setze mich an den kleinen Tisch neben dem Brutkasten, fange an zu lesen, lese die ersten dreißig Seiten, unterstreiche einzelne Sätze und Wörter. »Denn wir lieben den Frieden, genau wie wir unser Vaterland lieben, nämlich über alles in der Welt. Und wir führen keine Kriege mehr, wir säubern ja nur.«

Über mir sitzt eine Bauernfamilie mit gekrümmten Rücken zu Tisch, vielleicht über einem Teller Sauerkraut – ein unbeholfen gemaltes Bild, das mir bislang nicht aufgefallen ist. Ich bin das siebte Mitglied der Familie, krümme meinen Rücken ebenso, lese die beiden Sätze nochmals, die mich treffen. An die große Glocke gehängte Phrasen mit tödlichen Konsequenzen.

8

Ich korrigierte Aufsätze, als Zoltáns Vater mich im letzten Herbst anrief. Er bat mich um Hilfe. Ob ich einen Nervenarzt ausfindig machen könne, in Belgrad. Zoli sei in der Kaserne zusammengebrochen, wenige Tage bevor er nach Vukovar hätte geschickt werden sollen. Im Militärkrankenhaus in Novi Sad hätten sie ihn untersucht und Epilepsie diagnostiziert. Jetzt sei er wieder zu Hause, müsse vier verschiedene Medikamente nehmen. Neulich sei Zoli in Ohnmacht gefallen, nachdem er eine der Pillen geschluckt habe. Lajos hustete ins Telefon – kannst du uns helfen? Natürlich, ich würde es versuchen.
Ich schaute auf meine Korrekturen, auf die mit grünem Stift markierten Verstöße gegen Orthographie und Grammatik, *Groteskerie* – eigentlich ein interessantes Wort, müsste man vermerken. Wort existiert nicht!, hatte ich hingeschrieben. Ich legte die Hefte beiseite und schlug Epilepsie im Wörterbuch nach. *Zeitweilig auftretende Krämpfe am ganzen Körper mit Bewusstlosigkeit. Synonym: zerebrales Krampfleiden oder Fallsucht.*

Was weißt du über Epilepsie, habe ich Serge gefragt. Er klärte mich darüber auf, dass Berühmtheiten wie Ian Curtis oder Fjodor Dostojewski Epileptiker gewesen sind. Dass ich wegen meines Cousins fragte, erwähnte ich nicht.

Ich versuchte, die Akten aus dem Ungarischen ins Deutsche zu übersetzen, die mir Lajos kurz vor Weihnachten zugeschickt hatte, das psychologische Gutachten über *Kertész Zoltán* und die Bewertung seiner Arbeitsfähigkeit. Ich kam eine Woche lang über die ersten Sätze nicht hinaus.

Kertész Zoltán hat als Bäcker, anschließend als Ladearbeiter gearbeitet. Er war für die Befüllung von Säcken mit Rohstoff zuständig. Er musste Lasten von 50 kg heben. Er trug dabei eine Schutzkleidung.

Schlaf, sagte Serge, schlaf einfach! Und: Geh zum Arzt, lass dir was verschreiben! Ja, habe ich geantwortet. Und lag wach, während Serge schlief.

Ich spazierte stundenlang gedankenlos durch die Stadt. In einer eisigen Nacht fand ich mich auf dem Helvetiaplatz wieder, meinen Blick auf das unfertige *Denkmal der Arbeit* von Karl Geiser gerichtet, diese grobschlächtigen und trotz allem beeindruckenden Figuren; mit einem Mal hatte ich das Gefühl, dass ich nicht allein war. Ich blieb stehen, schaute mich um, nach allen Seiten – es war niemand da. Und dennoch war etwas da, körperlose, kegelförmige Schatten, ein im Dunkellicht sich verflüchtigender Chor. Ich begriff, dass die Zeit an einem Ort, der übervoll ist, in stillen Momenten aufplatzt, wie eine nicht verheilte Wunde. Plötzlich ist alles da, was längst vorbei ist.

Ich fand einen Nervenarzt, der Zoli nochmals untersuchte. Dass Zoli nicht mehr spreche, apathisch sei, dafür sei der

Medikamenten-Cocktail, der ihm im Militärkrankenhaus verschrieben worden ist, verantwortlich. Der Arzt änderte die Medikation, strich drei der vier Pillen und verschrieb ihm ein neues Mittel. Zoltán werde wieder ein einigermaßen normales Leben führen können, versicherte mir der Arzt am Telefon.
Vier Monate später war Zoli tot, kurz vor Ostern. Es fing an zu schneien – ich sah den Flocken zu, wie sie auf die zarten Triebe des Feigenbaumes vor meinem Fenster fielen.

Was ist mit dir los, fragte Serge. Nichts, antwortete ich.

Die Akten. Nachdem ich sie endlich vollständig übersetzt hatte, wurde mir klar, warum das Amt für Arbeitsgesundheitsschutz sie hatte erstellen lassen. Zoltán Kertész sollte für seinen Erwerbsausfall »keine Entschädigung bekommen«. Die »Begründung«:
Die Krankheit erfüllt nicht die Voraussetzungen, die in den Vorschriften über infolge Berufskrankheit auftretende Erkrankungen festgelegt wurden. Daraus folgt, dass es sich hier nicht um eine Berufskrankheit handelt.
Ich legte mich aufs Bett und verstand, dass es genügend Gründe gibt, schlaflos zu sein.

Ich habe Serge weder von meinen nächtlichen Spaziergängen erzählt noch von Zolis Tod. Der Schmerz ließ sich nicht teilen, die Fassungslosigkeit darüber, dass ich nichts hatte tun können. Gar nichts. Ich hatte mir tatsächlich eingebildet, dass ich etwas Wesentliches würde ändern können – weil ich es wollte.

M-U-T-T-E-R-T-R-A-U-M

Meine Mutter musste mir zwei Paar Unterhosen schicken, Taschentücher, drei Paar Socken, gebrauchte Unterhemden von Papa, pass besser auf deine Sachen auf!, du ruinierst uns noch!
hol mich hier raus, habe ich ihr geschrieben, du hast es mir doch versprochen! und ich frage sie nicht nach dem Garten, nach den Pflaumen, Äpfeln, nach den Sommer-Herbst-Blumen, den Astern, und nachts, wenn es aus den Deckenhügeln pfeift, gurgelt, Jenős und Lőrincens Schnarch-Fontänen in die Luft sprudeln, wenn niemand mehr rumschreit, nur ab und zu, irgendeiner, im Schlaf, dann steht sie da, meine Mutter
oh ja, sie steht mit beiden Beinen auf der Erde, ohne Schuhe, und ihre nackten Füße sind größer als ein ausgewachsener Mensch, ich sehe sie, wie sie die höchsten Bäume und Berge überragt, und ihre Haare und ihre Halskrause sind goldene Ähren, die am Himmelszelt leuchten, und aus ihrem roten Gewand mit weißem Umhang fliegen zwei Graugänse, deren Köpfe raubvogelartig sind, garstig, und sie fliegen und fliegen doch nicht, sie zeigen mit einem ihrer Flügel auf die Erde, weit unten, wo die winzigen Menschen jagen, hetzen, bewaffnet sind mit Leiter, Axt, Sense und Hunden
sie führen Krieg, aber gegen wen?
und meine Mutter überragt die Menschen, den Tumult, den Aufruhr, das Gehetze, sie hat das Gesicht eines bleichen

Kindes, hat sie nicht mein Gesicht? aber nein, ihr Gesicht ist der Mond, oh ja, jetzt kann ich es erkennen, ihr elegantes Mondgesicht, in dem zwei dunkle Steine ruhen, ihre Augen, ein schwarzes Geheimnis, Augen, mit denen sie in alle Himmelsrichtungen sieht

liebe Mutter
letzte Nacht habe ich dich gesehen
du warst eine Riesin, prächtig, eine Weltherrscherin, du warst, was soll ich dir sagen? du warst ein alles überragendes Glück, der Frieden im Krieg, das warst du, warum ich dich erkannt habe? das weiß ich nicht, du hast überhaupt nicht so ausgesehen, wie du normalerweise aussiehst, aber du warst es, helles Gold, sag Papa, er wird diese Woche Glück haben, sag ihm, er soll dein Geburtsdatum auf dem Lottoschein eintragen und deinen Namenstag, den Namenstag gleich zweimal, und wir werden gewinnen, sag ihm das, und er soll das Geld nicht versaufen, und Mutter, hol mich hier raus, hörst du?, schreib der Armee, dass ihr mich braucht, zu Hause, für den Verdienst!

aber meine Mutter hat mich nicht rausgeholt

sie hat mich nie von irgendwo rausgeholt, hören Sie? das muss ich mir -W-I-R-K-L-I-C-H- aufschreiben, ich muss es Ihnen beichten, dass mich meine Mutter nirgendwo rausgeholt hat, sie hat mich stattdessen immer so, wie man einen kleineren Sack in einen größeren stopft, in ihre Gedanken hineingestoßen, in ihre Flüche hat sie mich hineingezerrt

-I-C-H-K-Ö-N-N-T-E-D-I-C-H-I-N-D-E-R-L-U-F-T-Z-E-R-R-E-I-S-S-E-N- weil ich ihr vorkam wie ein Hindernis, ein Irgendwas, das dauernd rumsteht, in ihrem Weg, an einem Frühlingsmorgen, »April oder Mai, das ist einerlei«, singt Mutter in ihrem Nachthemd, setzt Wasser auf, singt in die Rauchkringel hinein

aber das ist doch nicht einerlei, im April blühen die Osterglocken, Schlüsselblumen oder die Elfenblümchen und im Mai der Blauregen, der Flieder, die Pfingstrosen, die Maiglöckchen und Schwertlilien, und ich zähle die Blumen auf, die Blumen, die Sträucher und die Düfte, ich habe sie alle unter meinen Nasenflügeln eingebettet, sage ich zu Mutter, die am Herd steht, das Pulver einrührt, »für die Liebe ist alles, ist alles einerlei«, singt Mutter immer lauter, und ich muss doch weitererzählen, weil sie mich nicht hört, und auf meinen Fingern flackern helle Flecken, oh ja, der Wind und die ersten Blätter auf meinen Fingern, es ist aber doch gar nichts einerlei, sagt mein Mund, und einer steht auf, der Zoltán heißt, Gartennarr! schreit Mutter, als ich neben ihr stehe

ich möchte dir nur von den gelben Elfenblümchen erzählen, die so zart – und Mutter singt nicht mehr, sie rührt rasch im Kännchen, verbau mir nicht meinen Morgenkopf mit deinen Blumen, und dann muss Mutter einen Satz sagen mit -I-S-T-E-S-M-I-R-N-I-C-H-T-V-E-R-G-Ö-N-N-T- … ist es mir nicht einmal vergönnt, in aller Ruhe meinen Kaffee zu trinken?

ja -I-C-H- ich habe keine Ausrede, in solchen Momenten habe ich weitergeredet, der Zoli-Teufel hat weitergeredet, als ob Mutter das größte Interesse für meine Blumen, Blü-

ten, Bäume, Sträucher gehabt hätte, hat sie aber nicht – hör auf und sei still und steh nicht neben mir –
und dann habe ich gesagt, dass sie sich ganz bestimmt auch deswegen nicht für meine Blumen interessiert, weil aus mir ein Hilfsarbeiter geworden ist, dass ich ihr doch deswegen mit allem ein Dorn im Auge sein muss, und genau das – das mit dem Dorn im Auge – machte meine Mutter, wie soll ich sagen, sie schnippte ihre Kippe in den Trog, und ich redete mit allen Wörtern weiter, über den Blütenstand, die Bestäubung, dass ich darüber nachgedacht habe, die Blumen seien doch eine Verlockung, eine Umgebungsverlockung, die durch nichts, aber auch gar nichts zu überbieten sei
ich machte meine Mutter – wie sie sagte – rasend vor Wut, Männer in deinem Alter reden nicht von Pflänzchen, sondern von PS im Hirn und auf Rädern, verstehst du? Motorräder, Autos, Geld, Muskeln, Titten, warum interessiert dich das nicht?
weiter entfernt interessiert mich das schon, habe ich geantwortet, habe dadurch, vermutlich, meiner Mutter einen ungeheuren Auftrieb gegeben
weiter entfernt, was du nicht sagst, was du nicht wieder sagst, und meine Mutter bückte sich nach dem Schemel, knallte ihn vor dem Küchenschrank auf den Boden, los los, mach schon, beweg dich, rauf auf den Schemel! und ich wusste gar nicht, was ich tun soll, aber meine Mutter, sie packte mich am Nacken, stieß mich auf den Schemel, na los, streck deinen Arm und schau, was es da oben zu holen gibt!

in Zrenjanin, ja, da wusste ich zum ersten Mal ganz genau, dass mich meine Mutter in alles hineingezerrt hat, in ihre Gedanken, und das wusste ich aber bestimmt nicht, als ich noch zu Hause, im Haus meiner Eltern gelebt habe, verstehen Sie? da hatte ich keine Ahnung, keinen blassen Schimmer – schön, dass Schimmer blass sind, blass oder matt oder beides, ein nichtsnutziger, schöner, anmutiger Schimmer auf einem Blatt, auf einem kleinen Blatt, das wäre ich gern, das ist mein erträumtes Dasein
aber ja, ich bin einverstanden, damit kann man nichts und niemanden erobern, man kann nicht einmal jemanden überzeugen, dass es doch eine schöne Existenz ist

sei ein Mann, sagte meine Mutter mit ihrer Stimme, die so tat, als würde ich hinter dem Haus stehen und nicht neben ihr, sei ein Mann, ein ganzer Kerl! und Mutter schüttete mich zu, dass doch jeder Mann von so was begeistert sein muss, dass sich bei jedem Mann die Hauptregion regen muss beim Anblick von so viel Schönheit! und sie meinte damit ganz bestimmt die Papierfrauen in den Zeitschriften, die auf dem Küchenschrank lagen und ganz offensichtlich auf mich, auf meine Augen gewartet hatten, Mutter, die sich an meinen Nacken klammerte, kapierst du? oh, sie ließ mich aber nicht los, und ich hätte ihr gar nicht, gar nie sagen können, dass sich nichts bei mir regte, als sie blätterte, als ihre Finger an den Seiten rupften, da, sieh sie dir an, Zoli, eine schöner als die andere, nicht wahr?

nein, meine Mutter hat mich nie – nicht rausgeholt.

9

Ich habe dich gesehen, letzte Nacht. Hinter dir ein Maisfeld, der braune Maisbart und die langen, grünen Blätter, die aussahen wie Speerspitzen. Du hast mich angeschaut, so wie du mich meistens angeschaut hast. Dein Gesicht war grünlich. Ich weiß nicht warum, aber ich wusste, dass ich auf die gleiche Art schwitzte wie du. Die Stimme deiner Mutter hat nach dir gerufen. Du hast dich nicht gerührt. Und ich wollte dich fragen, warum du jetzt ein zweites Mal sterben musst, ob du nochmals auf die gleiche Art stirbst. Ein gackerndes Huhn flog über uns hinweg. Ich habe ihm nachgeschaut, du nicht. Du hast deine Hand ausgestreckt. Seine Hand ist kalkweiß, rief jemand, der nicht zu sehen war. In deiner Hand lagen deine Augen. Dieselben, mit denen du mich immer noch anschautest. Ich habe gezittert, streckte meinen Arm aus. Deine Augen rollten in meine Hand, sie waren warm. Ohne meine Augen herauszunehmen, habe ich mir deine Augen eingesetzt.

S-C-H-L-A-R-A-F-F-E-N-L-A-N-D

An bestimmten Tagen gehe ich verloren, alles an mir vergisst, dass ich hier bin, weil ich an diesen bestimmten Tagen, wenn es in Zrenjanin nichts mehr zu schreien und zu schießen gibt, meine Schritte zähle, sogar meine Stiefel sehen so aus wie Komplizen, wenn sie den ersten und den zweiten und den nächsten Schritt tun, die geheime, aber ganz bestimmt verschwiegene Zahl bis zu meinem Ort, den die Sonne, falls sie Lust dazu hat, lange wärmt, und der Ort ist gar nicht auffällig, man kann sagen, dass er nichts Besonderes ist, alle marschieren und laufen an ihm vorbei, als gäbe es ihn gar nicht, als sei er Luft
ein Steinwurf von ihm entfernt steht ein krummer Baum, er sieht so aus, als verneige er sich, was mir sehr gefällt, und die Besonderheit des Ortes muss mit dem Baum, mit der Kastanie zu tun haben, mit seinem Schatten, seinem Lichtspiel, dem ständigen Auf und Ab von Ameisen, die in einem Baumstammloch verschwinden und wieder aus ihm heraussprudeln
ich setze mich hin, oh ja, auf den hart getretenen Boden, und tatsächlich fühle ich mich golden, verbunden mit dem Geschmeide des Universums, mit Ihnen! obwohl ich doch entsetzlich klein bin, noch kleiner ist meine Seele, die in meinem Brustkorb hüpft, und vielleicht, es könnte doch so sein, dass sie genauso fühlt wie viele, ja die Seele von Tausenden, die ich nicht kenne und nie kennen werde

an meinem Ort also, an diesem unscheinbaren Ort spannen sich alle Fäden durch alle Zeiten, ich sitze und denke und fühle mich in einer Aufgehobenheit, und meine Hände entwischen in die Luft, in luftige Höhen, das heißt, ich denke, was Hände alles können, und es gefällt mir, dass die Hände eine sehr grundsätzliche Fähigkeit haben, ich habe immer gern mit den Händen im Dreck gewühlt, vor allem im sandigen, nassen Dreck, Drecktorten habe ich gebacken, mit allen Fingern habe ich ganz bestimmt Köstlichkeiten aufgetürmt und mit Blättern dekoriert, Buchen- und Birkenblättern, das ist kindisch, hat man mir gesagt
ich weiß, und ich habe den Dreck, ich habe ihn an meinen Fingern, den Fingerkuppen beobachtet, Ländereien, Schlösser, Burgen mit Zinnen, Rinnsale und Flüsse, Sumpf- und Moorlandschaften mit allerlei Tieren, ja, meine Hände, sie waren schwer und prächtig, Tropfsteinhöhlen, meine verdreckten fingrigen Spitzen, und Miloš klopft mir auf die Schulter, fragt, was ich tue, und Sie verstehen doch, dass ich nicht sofort antworten kann, dass ich Miloš nur anschauen kann, als hätte ich die Frage nicht verstanden
was ich hier tue, fragt er wieder, und ich kann nur antworten, dass ich nichts tue, nur in der Sonne sitzen
aber warum siehst du so vergnügt aus, du komischer Kauz, als wären wir hier im Schlaraffenland? und ich glaube nicht, dass ich antworten will, ich möchte natürlich lieber, dass Miloš aufsteht, mich und meinen Baum, die Sonne und unsere Schatten in Ruhe lässt, aber Miloš, er pafft mir ins Gesicht, hält sie mir hin, seine Zigarette, zieh doch mal, wie ein Großer, sagt er
oh ich rauche nicht, und dein Rauch, er stört die Amei-

sen, schau mal! und ich zeige auf den Baum, die Ameisenstraße

ich störe die Ameisen, Mensch, und Miloš lacht, du bist wirklich witzig, ich wusste gar nicht, dass sie eine empfindliche Nase haben, und was stört sie denn, die verehrten Ameisen?

es ist einfach zu verstehen, sie riechen mit ihren Antennen, das kann man beobachten, das habe ich immer beobachtet, wenn wir etwas verbrannt haben, zu Hause, in unserem Garten, ja, ich habe es Miloš erzählt, was die Ameisen tun und können, dass sie riechen und schmecken, dass sie unglaubliche Tiere sind, man müsste eigentlich zu einer täglichen Verehrung der Ameisen kommen

Miloš, er hat mir zugehört, er hat lange vergessen, an seiner Zigarette zu ziehen, und dann hat Miloš etwas gesagt, das ich nicht genau wiedergeben kann, aber natürlich, es hat dazu geführt, dass ich mich erklären musste

wie ich denn dazu komme, über Ameisen zu reden, Ameisen, ha! so hat Miloš gerufen, Ameisenstraße! meinst du, wir sind die Ameisen? – aber Miloš, er wollte keine Antwort … Kertész, wir bauen an einem neuen Staat, und jeder von uns ist wichtig, das ist es doch, oder? mit einem großen Schritt machen wir Vukovar platt, in Reih und Glied marschieren wir, wirbeln Staub auf, weil sie nämlich noch existiert, die Jugoslawische Volksarmee! und zu ihr gehören wir, du und ich und alle andern, das willst du mir doch sagen mit deinen Ameisen, oder? so wie diese kleinen Viecher ihr Ding machen, machen wir unser Ding, es spielt jetzt keine Rolle, ob die Sonne scheint, Tag oder Nacht ist, wir haben unsere eigene Zeit und die heißt: Siegen! ver-

dammt nochmal, und wenn wir fallen, kommen wir nicht in den Himmel, sondern viel weiter, das ist es doch, was du mir sagen willst?
und Miloš, er ist aufgestanden, hat ausgespuckt, hat ein paar Schritte gemacht, zum Baum hin, zündete sich eine neue Zigarette an, bückte sich, hielt die brennende Zigarette an die Ameisen, Mensch Kertész, du hast recht, die sind wirklich aufgeregt, wegen dem bisschen Rauch! das wird uns nicht passieren, aber garantiert nicht! und ich bin aufgesprungen, es brauchte dazu keine Überlegung, mit einem Satz war ich bei Miloš, habe ihm die Zigarette aus der Hand geschlagen, und ich habe ihm ganz bestimmt erklärt, er solle die Ameisen und auch mich in Ruhe lassen, den Baum und den Schatten, die Sonnenflecken, er solle aus dieser Windstille verschwinden, habe ich ihm erklärt, weil er sich nicht mit ihr verträgt, und Miloš ließ den Kiefer hängen, er war ganz verdutzt und verwundert, oh ich fühlte mich so kräftig, so wunderbar muskulös, obwohl ich es ganz und gar nicht bin, ja ich fühlte mich sogar wie ein Meister, der seine Weisheit in einer einzigen Rede kundtut, ich hatte plötzlich Flügel, ich erinnere mich genau daran, an diese Flügel-Freiheit, weil ich doch die Ameisen wenigstens in ihrer ganzen Winzigkeit verstand
Miloš wich einen Schritt zurück, er holte aus, und ich hörte nicht auf zu reden, Miloš holte aus und schlug nicht zu, nein, er blieb stehen, mit erhobener Hand, und als ich alles gesagt hatte, was ich sagen wollte, stand er immer noch da, wie ein altes, vergessenes Denkmal.

S-T-A-U-B-T-Ö-T-E-R

In der Nacht, mitten in der Nacht – wann war das? – befahl der Raubvogel mich zu sich, um mir eine Lektion zu erteilen -L-E-K-T-I-O-N- aber der Raubvogel kreiste nicht, ganz bestimmt nicht, sondern saß bemützt in seinem Nest, da Stottermund, lies! und er streckte mir ein Buch hin, das Dienstreglement, da, lies mir vor, jetzt kannst du beweisen, dass du lesen kannst! und aus seinem Mund züngelte ein Feuer, jedes Wort ein gieriges, blaues Flämmchen – ich sagte es ihm, ich musste es tun – alles wird in Flammen aufgehen, so, wie Sie reden! und er lachte, brüllte, spie die Flammen aus sich heraus, ich wich zurück, strammstehen! er sprang auf, oh, und wie er es tat, als hätte er ganz besonders darauf gewartet, auf diesen Sprung auf die Stiefel, und ich, ich warf mich auf den Boden, Kertész, los, Haltung annehmen! aber ich rührte mich nicht, nein, das war keine Provokation, so groß, wie er war, so klein musste ich sein, meine Hände gefaltet über dem Kopf
das wird Sie nicht interessieren, aber der Geruch des Bodens stach nicht in meine Nase, sondern direkt in meinen Kopf, und der Spalt, der sich auftat, im Boden oder im Kopf, war einen Finger breit und ja, ganz bestimmt hatte ein Wetter darin Platz, die Wolken waren grau-gelbe Säcke, und die Luft war nicht zum Atmen, die Luft im Kasernenhof, aufgewirbelter Staub, Stiefel, die es taten, nein, sie wirbelten nichts auf, aber töteten alles, Staub töten, wissen Sie, wie

das geht? oh ich weiß, dass das nicht einmal Sie wissen, aber ich weiß es -I-C-H-
wir treten mit unseren Stiefeln an Ort und Stelle, wir hacken auf ihn ein, als wäre der Boden für die Stiefel da, eins, zwei, eins, zwei, eins, zwei, die Wolken, sie hängen zu tief, bis in unsere Gesichter hinein, eins, zwei, eins, zwei, nein, wir zählen nicht zusammen, das ist der Takt, in dem wir den Staub töten, den Boden
-I-C-H-B-I-N-
-I-C-H-B-I-N-D-E-R-B-O-D-E-N-
-D-E-R-B-O-D-E-N-D-E-R-S-T-A-U-B-I-C-H-
und der Leutnant tritt mich mit der Stiefelspitze, los Kertész, steh wieder auf, strammgestanden! wird's bald!
ja, ich springe wieder auf, und der Leutnant lässt mich stehen, keine Ahnung, wie lange, er zündet sich eine an, eine Zigarre, bläst mir den Rauch ins Gesicht, in meine Augen, wo kommt all das Wasser her? und der Räuber grinst, es dauert eine Woche, Monate, eine Ewigkeit stehe ich vor ihm, ich höre Jenő, fang bloß nicht an zu zittern, reiß dich zusammen, aber wie, wie kann man sich denn zusammenreißen? wo geschieht das Zusammenreißen, habe ich Jenő gefragt, im Kopf, Zoli, in deinem Kopf, und er tippte zärtlich gegen meine Stirn, und immer versuche ich die Stelle im Kopf zu finden, wenn ich mich zusammenreißen muss, dann denke ich, wo fängt es an, das Zusammenreißen? verstehen Sie? ich sehe mein Gesicht vor mir, Zoli, jetzt wirst du sie finden, die Stelle, das ist mein Gedanke, damit bin ich beschäftigt, mein Kopf mit Ohren und Hals fängt an zu glühen, der Räuber pafft, sagt, ich sehe rot, Kertész! Zigeunerblut!

oh ja, Jenő, aber ganz bestimmt werde ich nicht zittern, gar nichts wird mich zum Zittern bringen, auch wenn der Mund des Leutnants nicht nur ein Feuer ist, oh nein, seine Zunge ist ein Flammenwerfer, und ich hätte es ihm sagen müssen, Herr Leutnant, erlauben Sie, Ihre Zunge wirft Flammen

Kertész, los, den Abschnitt hier lesen, los, vorlesen! und der Leutnant streckt mir das aufgeschlagene Reglement hin, auf seiner flachen Hand, als wäre es eine besondere Gabe, verzeihen Sie, mir fällt erst jetzt ein, dass ich Ihnen nicht erklärt habe, warum ich den Leutnant Räuber nenne, Raubvogel, es ist nicht einfach, das zu erklären, Sie denken wohl, dass ein Räuber raubt, ja doch, meistens tut er das, und ein Raubvogel schießt in die Tiefe, packt zu, aber ich muss daran denken, dass sie beide ein Ziel haben, immer, ein ganz bestimmtes Ziel

der Räuber Raubvogel zieht seine Waffe, hält sie mir an die Schläfe, weil ich nicht lese, ich lese nicht, sondern blättere – dieses Vor- und Zurückblättern in der Bibel hat mir immer gefallen, über die Seiten und Buchstaben fliegen, als würden sie mir gehören, der Blätterwind im Gesicht, der Geruch der Blätter in den Nasenflügeln

Kertész, wenn Sie jetzt nicht lesen, drück ich ab, dann sind Sie mause

tot hat er nicht gesagt, der Leutnant, und das wäre doch der Moment gewesen, um mit dem Zittern anzufangen, die Standuhr des Leutnants schlägt vier, seine Zigarre hat er mit dem Absatz auf dem Boden ausgedrückt, er hat einen Hals, er hat keinen Hals, er hat Augen, er hat keine Augen,

mir fällt auf, dass der Leutnant halslos ist, augenlos, aber er hat ein Ziel, ich lese:
»Die Uniform ist Ausdru-ck der Zuhö- Zu-g-hörig-keit zur Armee
wer die Unifo-rm trägt, repräsen-präsentiert die Trr-uppe und ist deshalb zu korrr-ktem Auftreten und Verhalten verpflicht-t
insbesondere sind die Haare sau- saub-rr und gepfl-gt zu tragen«
hat er gelacht? oder hat er gebrüllt? hat er »nochmal« gebrüllt? oder hat er sich wieder eine Zigarre angesteckt? ich erinnere mich nicht, aber ganz bestimmt hat der Leutnant abgedrückt, klick, es hat geklickt …
dann hat er die Worte ganz langsam aneinandergehängt, gesagt, hast du nun kapiert, wie gefährlich eine Waffe sein kann, hast du es begriffen?
und die Stimme des Leutnants, sie war jetzt sanft und tief und schmeichelnd, hast du begriffen, dass die Armee auch für dich da ist, für jeden Kerl oder Scheißkerl? – oh und ich dachte an einen Wind, der sich plötzlich dreht – hier kannst du absolut was werden, völlig egal, was für Blut in dir fließt, Kertész, Zoltán, das wollte ich dir in deinen Kopf hineinballern, los, ich will hören, dass du mich verstanden hast!
und ich habe »jawoll« gebrüllt, so laut, dass der Leutnant zusammengezuckt ist, und dann sagte er, so ist es recht, Kerl, wenn du willst, hast du ja ein prächtiges, männliches Organ!

D-R-E-C-K-L-U-F-T

Jenő und ich, wir haben Wache geschoben, es war eine warme Nacht im September, und ich habe diese Nacht nicht vergessen, nein, ich habe ein Lied gesungen, und die Nacht war eine weiche Decke, bestickt mit Sternen, »drei Nächte schlief ich nicht, immerzu dachte ich an dich«, so habe ich gesungen, »die vierte Nacht schlief ich ein, träumte auch dann von dir allein«, und Jenő sagte, du stotterst nicht, wenn du singst, das ist erstaunlich

das war mir ganz bestimmt noch nie aufgefallen, das Stottern sitzt auf einem Stern, das Singen auf einem anderen, habe ich zu Jenő gesagt, und er hat darauf lange nicht geantwortet, und dann hat er sich das Weiche unter dem Kinn gerieben, an wen denkst du, wenn du das Lied singst? Jenős Stimme, sie war fast nicht hörbar, seine Stimme war ganz klein und im Niemandsland, und die Nacht hat die Umrisse von Zrenjanin verschönert, und weil Jenős Stimme so war, wie sie war, weil ich sie nicht verscheuchen oder erschrecken wollte, weil ich eigentlich alles einpacken wollte in einen endlosen, friedlichen Moment, habe ich das Lied nochmals gesungen

hast du mich nicht gehört, fragte Jenő, und ich habe dann aufgehört mit meiner Melodie, da, wo sie am schönsten ist, ich habe Jenő von meinem Garten erzählt, den geschmeidigen Wangen der Butterblumen, vom zarten Geruch der Feder-Nelke habe ich geschwärmt, die Nase wird von ihr

nicht gestochen, sondern gestreichelt, verlegen gemacht vor Zartheit, und Jenő hat aus voller Kehle gelacht, gesagt, ich solle weitererzählen, er höre mir gern zu bei meiner Liebeshymne auf die unschuldigen Pflänzlein –
es ist das Schönste, einen Apfel, der in den Dreck gefallen ist, aufzuheben, den Dreck in aller Sorgfalt, von allen Seiten von ihm abzureiben, bis der Apfel einen Glanz hat wie ein windstiller See, und wenn die wilden Trauben einen Ast meines Pflaumenbaumes umklammern, dann fange ich an zu weinen, Jenő! aber ich kann dir gar nicht genau sagen, warum ich es tue, weinen, Jenő, darüber müsste man sich vielleicht den Kopf zerbrechen, warum man über Dinge weinen kann, die doch gar nicht unbedingt traurig sind, genauso könnte ich mir den Kopf darüber zerbrechen, warum mein Rosmarin zwischen den Rosen wächst, oh Jenő, mein Rosenrosmarin, so nenne ich ihn, kannst du dir vorstellen, wie er riecht? ich kann dir sagen, dass ich mich auf meine Bank setze, neben meine Rosen, und ihr Duft vermischt sich mit dem Rosmarin, der zwischen ihnen wächst, und an einem Sommer-Abend, mit einem Lüftchen, mit einem Hauch von Wind, da sei der Duft unwiderstehlich, habe ich zu Jenő gesagt, und ich habe keine Ahnung, wie lange das gedauert hat, diese Schwärmerei von mir, Jenős Lachen und doch auch seine Bewunderung dazwischen, dass ich so schön ausschweifend schwärmen kann, wenn man mir zuhört, kann man ja fast noch ans Paradies glauben, so Jenő
vielleicht hat mich das Wort »Paradies« dazu gebracht, nicht mehr weiterzuerzählen, aber ganz bestimmt haben Jenő und ich, nachdem er den Satz mit dem Paradies gesagt

hat, gewusst, dass wir vom Paradies so weit entfernt sind wie der Himmel von der Hölle
jede Hässlichkeit ist in uns gepflanzt, sagte Jenő nach einer langen Pause, und in ein paar Wochen schicken sie uns nach Vukovar, damit wir uns gegenseitig abschlachten, oder nicht?, töten oder getötet werden, dafür werden wir gelebt haben, der Erste Weltkrieg pflanzt sich fort, unser Krieg! – und Jenő beugte seinen Kopf ganz nah zu mir, und weißt du, wann das Schlachten anfängt, Zoli?
ich hätte am liebsten nochmals die Feder-Nelke erwähnt, den leuchtenden Portulak in seiner weiß-rosa, rot-rötlichen Entfaltung, vom Wundklee hätte ich gern noch gesprochen, vom Sanddorn oder vom Maulbeerbaum in meinem Garten, aber Jenő pumpte mir seinen Atem ins Gesicht, fragte, ob ich Crnjanski kenne, nein?, das ist doch nicht möglich, dass du Crnjanski nicht kennst, und Jenő sagte mir einen Satz vor, lern ihn auswendig, Zoli, und du darfst ihn nie wieder vergessen, versprichst du mir das, und Jenő zerrte mich zu sich, setzte ein Wort nach dem anderen in mein Ohr:
»Sie windelten mich in einem Wäschekorb, und die Mutter sang mir die ganze Nacht Wiegenlieder, am liebsten die aus der ›Perlenreihe‹. Oder sie erzählten mir dauernd von Dörfern, die gebrannt hatten, und von Männern in roten Fesen, die immer schlachteten und mordeten. Eines Abends erzählten sie mir, wie man auf den Pfahl gespießt wird.«
Zoli, das Schlachten und Zerstören und Töten wird uns in die Wiege gelegt, in unser Hirn gesät, bevor wir überhaupt denken können, das ist es, was uns Crnjanski sagt –

oh Jenő, ja, wir waren mit einem Mal nichts mehr, nur unsere einzelne Haut, die in der Uniform steckte, die Nacht, der Himmel mit seinem Schmuck war ausgelöscht, und Jenő hat Crnjanski wieder und wieder zitiert, dazwischen gezählt, die Jahre, bis wir schlachtreif sind
Zoli, schon bald verfrachten sie uns an die Front, nach Vukovar, in Vukovar lebt meine Tante mit ihrer Familie, mit ihren Söhnen, kapierst du? ich hab nicht nur Verwandte da, sondern auch Freunde – gegenseitiges Abmurksen, das ist der Schlachtplan! hat Jenő ganz bestimmt gesagt, und er hat sich den Lauf des Gewehrs unter sein Kinn geschoben
jede Pore von uns ist hässlich, alles Schöne ist herbeigeredet, damit müssen wir uns abfinden, hat Jenő geflüstert, und wenn wir es nicht tun, ist es besser, sich selbst zu liquidieren
Jenő!
dem Krieg die Stirn bieten, indem man sich selbst erledigt! und Jenő hat mit dem Lauf sein Kinn nach oben gedrückt, zum Himmel hin, seine Augen, ich habe sie nicht mehr gesehen
Jenő! aber vielleicht stimmt das ja gar nicht, mit Vukovar, es kann doch sein, dass morgen, morgen schon alles vorbei ...
Zoli, Zoltán, sich selber liquidieren und gerecht sein, es gibt keinen Selbstmord auf dieser Welt, hörst du? es gibt nur Mord, verstehst du mich? sich selbst töten, das ist die einzige Antwort auf den Mord, in den wir seit unserer Geburt hineingezwungen werden
und ich habe angefangen zu summen, weil die Nacht, sie

war hell genug, um zu sehen, wie Jenős Hand, seine Finger sich langsam zum Abzug bewegten
hör auf mit deinem Gesumme, Zoli, ich will dich nicht mehr hören! und ich habe aufgehört zu summen, habe angefangen zu pfeifen, ganz leise, geschwitzt und gepfiffen habe ich, ja und Jenő hat mit verdrehtem Kopf ausgespuckt, und in diesem Moment oder einen Moment später tauchte ein Tier auf, die Nacht, das Dunkle, das Gestirn hat uns einen Hund geschickt, und er schnupperte an meinem Bein, sieh mal, Jenő, schau dir das an, Jenő senkte seinen Kopf, ganz langsam, sein Gewehr immer noch unter dem Kinn, und der Hund trippelte, humpelte hin und her, zwischen Jenő und mir, wir lassen hier niemanden durch, sagte Jenő, wir haben den Befehl, hier niemanden passieren zu lassen, nicht einmal einen zerzausten, verkrüppelten Hund, nicht wahr, Zoli?

ja, und Jenő macht einen Schritt, tritt dem Hund auf den Schwanz, ich habe schon längstens aufgehört zu pfeifen, und der Hund jault auf, nur leise, nur ganz fein, ein weißer, dünner Faden in der Nacht, und wieso erinnert mich sein Jaulen an ein Kind, oh ein Kind mit verdrecktem Gesicht, es sagt – es stottert, dass der Mond süße Milch ist, und das Kind weint, starrt mit aufgesperrten Augen, weil es vom Mond trinken will, weil die Sterne ihm ihre goldene Stirn zeigen, und der Hund jault auf, nur ganz leise, fein, fast unhörbar, Jenős Stiefeltritt, Jenős Gewehrkolben in der Flanke des Hundes, das Kind, es streckt seine Hand aus, seine beiden Hände, zehn Finger und dazwischen die Luft der Nacht, mein Gewehrlauf ist kalt, und ich bin es, der ausholt, das Tier, oh der Hund, er wimmert immer noch, und meine Finger sind wärmer, der Gewehrlauf, Jenő und ich, wir schauen uns nicht an, aber wir sind eins -S-C-H-L-A-G-S-C-H-O-N-! sagen wir -S-C-H-L-A-G-S-C-H-O-N-! ja, wir rufen uns zu, und das Kind weint, es will Milch, nur eine Schale süße Milch, und es streckt die Finger aus, weil es den Mond trinken will – ich weine, schlage zu, wir schlagen zu, es ist ein Takt, den wir kennen, eins, zwei, wir schlagen zu, bis nichts mehr zu hören ist, kein Wimmern, kein Weinen, nichts mehr –

Jenő und ich, wir haben den Hund verscharrt, stumm und ohne uns anzuschauen, im Kasernenhof haben wir das Blut von unserer Haut gewaschen, und die Nacht roch nach Blut, der Mond, die Sterne, Zrenjanin, ich habe gekotzt, den Kasernenhof, die Betten, den Waschraum, die Küche, die Stiefel, die Befehle, und Jenő und ich wussten, dass das der Anfang war, der Anfang vom Ende
aber die Nacht die nächtliche Luft, flüsterte ich zu Jenő, sie wird uns nicht vergeben und nicht verzeihen und nicht vergessen, nie – sei still, so Jenő.

10

JUGOSLAWIEN. TOURISTISCHE KARTE.

Meine Lieblingskarte aus den Siebzigerjahren, die ich während meiner Busfahrt nach Zrenjanin studiere. Ein sandiges Gelb deutet die Topographie des Landes an. Ein paar dicke, rote Linien durchziehen die Karte – die Hauptstraßen, und, erheblich weniger dick, die als *staubfrei* bezeichneten Nebenstraßen. Arterien und Kapillaren, die die Sehenswürdigkeiten miteinander verbinden. Orthodoxe und katholische Kirchen, Minarette, Klöster, Festungen und Parlamentsgebäude. Die mit feinsten Strichen gezeichneten Brücken von Višegrad und Mostar. Die Plitvicer Seen, in denen Winnetou getaucht ist, nach dem Schatz im Silbersee. Um die Seen herum, bis weit in den Südwesten des Landes: Bären, Hirsche, Perlhühner, Wildschweine – alle akribisch gestrichelt, die Bären jeweils mit winzigen, roten Zungen. Sie sehen so harmlos aus wie die Hasen, die weiter nördlich, zwischen Slavonski Brod und Sremska Mitrovica ihre Haken schlagen. Bauchige Schnapsfläschchen, eine rauchende Pfeife, Zwetschgen, eine aufgeschnittene Wassermelone. Derventa. Odžak. Brčko. Städte, die mittlerweile »ethnisch gesäubert« sind. Von Brčko aus der schwarzen Eisenbahnlinie weiter Richtung Norden folgend, nach Vukovar, das innerhalb von drei Monaten fast vollständig zerstört worden ist. Ein Storchenpaar – es fliegt von Vukovar aus die

Donau entlang nach Novi Sad, überfliegt die wunderbar fein gezeichnete Festung Petrovaradin, hält Kurs auf Zrenjanin, wo es für Touristen offensichtlich ein stattliches Gebäude zu sehen gibt.

Fünf Gehminuten vom Stadtzentrum entfernt, in unmittelbarer Nähe des Amtsgerichtes, steht die Kaserne von Zrenjanin. Ein unübersehbares Schild macht mich darauf aufmerksam, dass ich nicht fotografieren darf; genau das hätte ich tun wollen. Ich fühle mich ertappt, aber nicht schuldig. Die Kombination aus Schild und Zaun bedeutet außerdem – irgendwer hat mir das beigebracht –, dass ich auch nicht stehenbleiben soll, obwohl doch das Stehenbleiben nichts Großartiges oder Verwerfliches ist. Ich bleibe stehen, direkt gegenüber dem Schild. Ich darf also weder rein noch von außen, von der Straße her, fotografieren. Dabei sieht die Anlage hinter dem Zaun gar nicht fotogen aus, eher verwahrlost, armselig. Das Geheimnis des Glaubens und das Geheimnis der Eingezäunten. Mein Xanax hat mir die nötige Portion Beruhigung verschafft, und ich schaue neugierig durch die großzügigen Lücken des Zaunes. Rasch ziehe ich mein Notizbuch aus der Tasche, zeichne, was sich mir hinter den Lücken des Maschendrahtzauns präsentiert – man hätte ja auch eine Mauer bauen können, dann hätte man mich und andere Neugierige unmissverständlich abgewehrt. Ich strichle ein paar Bäume, zwei Gebäude, die symmetrisch zum Eingang angeordnet sind, Kieswege und etwas, das nach Gras aussieht. Zoli hinter dem Zaun, wie er in Uniform marschiert. Die Mütze etwas schief auf dem Kopf – die Vorstellung ist nicht angenehm.

Es dauert nicht lange, bis einer auf mich zu bummelt, selbstverständlich in Uniform, bemütztt und bewaffnet, die Stiefel sind auf dem Pflasterstein gut hörbar. Ob ich rein dürfe, meine Antwort auf die nicht unhöfliche Frage, was ich hier wolle. Ein junges, leicht verschwitztes Gesicht schaut mich beinahe belustigt an. Ich nehme an, dass ich ihm gerade den Witz des Tages serviert habe. Sie haben hier nichts verloren, meint er nach einer Pause, und seine Stimme gibt sich Mühe, älter zu klingen, als er ist.

Anstatt ihn darauf aufmerksam zu machen, dass weder die Uniform noch die Waffe ihn zu dieser leichtfertigen Phrase ermächtigen, zeige ich auf die Sonne und sage, heute wird es wieder sehr heiß, glauben Sie nicht?

Der Soldat in Graugrün schweigt. Positioniert sich breitbeinig, hakt seine Daumen in den Gürtel. Er wartet noch einen Moment mit der Antwort, er sei mir gegenüber zu gar nichts verpflichtet, ich hingegen, als Zivilist!, sei ihm gegenüber zu allem, vor allem aber zu Gehorsam verpflichtet, da ich mich auf militärischem Territorium befände. Sie haben mich sicher verstanden! Und der Soldat hat aufgehört zu lächeln, schaut mich filmreif an. Am liebsten würde ich ihn nach den Grenzen des militärischen Territoriums fragen, wo genau es anfange und aufhöre, aber ich blicke zu Boden, aufs Territorium, auf dem ein Paar geputzte Stiefel und ein Paar Turnschuhe stehen. Danke für Ihre Auskunft, natürlich werde ich das Feld räumen. Nicht einmal das sage ich, sondern drehe mich weg, gehe die *Stevice Jovanovića* entlang, fühle eine unangenehme Hitze im Rücken. War das wirklich schon alles? Die »Zivilistin« lässt sich vertreiben, von einem lächerlichen Knirps! Ich ärgere mich, dass

ich es nicht einmal gewagt habe, ein Foto zu machen; der Hinweis auf der Rückseite meiner Jugoslawien-Karte, dass das Fotografieren gestattet sei, *mit Ausnahme von Militäranlagen und der Armee sowie an Stellen, wo das Fotografieren ausdrücklich als verboten vermerkt ist.* Logisch, dass sich seit den Siebzigerjahren nichts daran geändert hat.
Beim Überqueren der Straße, als ich links Richtung Kanal abbiege, drehe ich mich um – er steht unverändert da, der graugrüne *vojnik*, sichert das Territorium also sehr zuverlässig. Grüßen Sie Ihren Vorgesetzten, rufe ich ihm zu, er ist ein Verwandter von mir! Ich lächle, gehe den gleichen Weg zurück, den ich gekommen bin.

Mitten auf dem großzügig angelegten Hauptplatz bleibe ich stehen, beobachte zwei Mädchen, wie sie mit gurrenden Tönen und Brotkrümeln Tauben anlocken. Mehr als ein Dutzend haben sich bereits um die Mädchen versammelt, wagen sich immer näher an sie heran. Bis die beiden, ganz plötzlich, nicht mehr zärtlich gurren, sondern laut aufheulen, den jäh aufgescheuchten Tauben nachjagen und mit erhitzten Gesichtern rufen, ihr komischen Mistviecher, ihr ihr ihr! Mir fällt ein Halbsatz ein, den ich irgendwann gelesen habe – »wie man nicht zornig sein kann über eine Taube«. Ich schaue den Mädchen nach, die über den ganzen Platz rennen, heulen, als wären die Tauben nicht schon längst aufgeflogen.
Obwohl mir nicht klar ist, was ich hier noch soll, und die brennende Sonne mir zusetzt, kann ich mich nicht entschließen, zum Busbahnhof zurückzukehren. Die Vorstellung, wieder in meinem dunkelroten Hotelzimmer auf

dem Bett zu liegen, missfällt mir. Ich drehe mich einmal im Kreis, von der katholischen Kirche weg und wieder zu ihr hin, und gehe dann in Richtung der beiden Mädchen, die bereits wieder in ein neues Spiel vertieft sind. Bei der Trafik kaufe ich Süßigkeiten, ziehe sogleich eine zuckrige Schlange aus der Tüte, die mir ein aufgeschwemmter Mann umständlich eingepackt hat. Haben Sie Postkarten, frage ich ihn – wenigstens eine Karte von Zrenjanin könnte ich Serge schicken. Auf der Post kriegen Sie welche, sagt er gelangweilt. Sie sind hässlich und teuer, ich rate Ihnen also ab. Gibt es etwas, das Sie mir empfehlen können, frage ich ebenso gelangweilt. Sicher, antwortet er, machen Sie es sich im Schatten da drüben gemütlich und trinken Sie was Schönes!

Klingt gut!, und ich verabschiede mich, überlege, ob ich seinem Rat folgen soll. Aus irgendeinem Grund treibt es mich aber zu den zornigen Mädchen, die jetzt in der Nähe der Kirche nach einem bestimmten Rhythmus in die Hände und sich auf die Schenkel klatschen.

Hallo ihr beiden! Ich bin Touristin, eine, die nichts weiß. Was muss ich mir ansehen, in eurer Stadt?, frage ich die Mädchen und biete ihnen eine Süßigkeit an.

Die beiden unterbrechen ihr Spiel, schauen mich mit großen Augen an. Die Kleinere streckt zögernd ihre Hand nach der Tüte aus, langt dann rasch nach einer Zuckerkugel, und die Größere meint: Hier bist du richtig, das ist der beste Ort. Wir sind jeden Tag hier. Oder am Kanal. Oder zu Hause. Und sie fangen an, durcheinanderzuschwatzen, langen abwechselnd nach den Süßigkeiten, erzählen, wo man auf dem Platz was am besten spielen könne. Und der Trafik-

besitzer ist ein Geizhals! Um die Kirche herum schleicht der Teufel, immer um die gleiche Zeit, wenn die Sonne untergeht. Und am Kanal, da spukt es. An einer bestimmten Stelle, die wir dir nicht verraten, kann man die Stimmen der Geister hören, schu-huu über dem Wasser. Aber wir verraten dir, dass es hier auf dem Platz ein Haus gibt, das die Erwachsenen verschluckt. Schau, da drüben! Geh nicht hin, glaubst du uns nicht? Klar, ich glaube euch, antworte ich, aber genau da wollte ich hin! Ich überlasse den Mädchen die Tüte mit den Süßigkeiten, gehe auf das imposante, zweistöckige Haus zu, das mir schon bei meiner Ankunft aufgefallen ist und das aufgrund seiner Bauweise und seiner Positionierung ein Amtshaus sein muss.
He du, ist es aufregend, eine Touristin zu sein?, ruft die Größere mir nach. Überhaupt nicht, antworte ich zu meiner Überraschung und fühle mich ertappt – bei meinem naiven Wunsch, nach Zrenjanin zu fahren, um die Kaserne, in der Zoltán stationiert war, zu sehen, und zwar nicht nur von außen. Als hätte ich plausibel begründen können, warum ich in die Kaserne will.
Lassen Sie mich bitte rein, damit ich alles besser verstehen kann. Zeigen Sie mir doch den Schlafraum, die Kantine. Haben Sie eine eigene Bäckerei? Und wo bitte wird exerziert? Überall? Ich möchte die Schritte hören, die Befehle. Wo sind die Kranken untergebracht? Sind ihre Schmerzen vergleichbar mit denjenigen der »Zivilisten«? Natürlich, das Magazin ist nichts für Außenstehende. Ich möchte es trotzdem sehen. Und das Stabsgebäude, es muss gegenüber dem Mannschaftsgebäude liegen, stimmt's? Sie wollen mir bestimmt nicht zeigen, in welchen Ecken es nach

Urin stinkt. Wo die Soldaten sich übergeben. Wo und wie oft sie masturbieren. Wie oft kommt es vor, dass einer der Soldaten an einem Baum hängt? Steht im Dienstreglement etwas darüber, wie man den Hass trainiert? Stimmt es, dass Übermüdung und Überanstrengung zu epileptischen Anfällen führen? Bitte, lassen Sie mich rein, damit ich sie endlich verstehe, die Prinzipien des Tötens.

Das Haus, in dem die Erwachsenen verschwinden, heißt Stadthaus – das Parlament befindet sich in ihm, diverse städtische Dienste, das historische Archiv –, und ich stütze mich an der Hausmauer ab. Mein Kopf ist heiß, die Touristin hat vergessen, ihr Kopftuch mitzunehmen. Ich trinke einen Schluck aus der Thermosflasche, was nicht ausreicht, um klarer zu denken. Vermutlich will ich nur rein, um auch zu den verschluckten Erwachsenen zu gehören. Ein älterer Herr mit Spazierstock schaut mich fragend an, hält mir die Tür auf. Worauf warten Sie noch, hier drinnen ist es etwas kühler! Ja, vielen Dank, und als ich an ihm vorbeigehe, fragt er, ob ich etwas Bestimmtes suche. Eigentlich nicht, antworte ich. Na, dann wünsche ich Ihnen viel Glück, und ich bleibe stehen, während er mir höflich zunickt.

II

Mir schwindelt von der Hitze, von der plötzlich kühleren Luft; es riecht nach Weihrauch und gerösteten Nüssen, nach altem Papier und geduldigen Menschen. Eine ganze Weile stehe ich da, in der imposanten Eingangshalle des Stadthauses – an den Wänden und an der Decke die üppigen Verzierungen, Blumenornamente und Figuren in neobarockem Stil. Ich schließe die Augen, versuche mich an die Töne zu gewöhnen, das aufsteigende Geflüster, Schritte, die sich in Schleifen durch den Raum bewegen.
Mit dem restlichen Wasser erfrische ich mein Gesicht, gehe dann in die Richtung, in der der höfliche ältere Herr verschwunden ist. Was ich sehe, scheint gar nicht zur barocken Architektur zu passen. Überall Büros für jedes erdenkliche Anliegen – Türen und Fenster, vor denen die Menschen mit übereinandergeschlagenen Beinen auf Bänken sitzen, sich zueinander beugen, tuscheln. Die meisten essen, knabbern irgendwas. Helle Geräusche. Zähne, die Sonnenblumenkerne aufknacken. Hände, die Fleischbrote aus der Folie wickeln. Als hätten die Menschen sich darauf eingestellt, lange hier zu sein. Zu lagern. Ich gehe langsam weiter, schaue in einen matt erleuchteten Raum, in dem eine kleine Gruppe in eine heftige Diskussion verwickelt ist.
Ach, Sie. Hören Sie doch auf. Welches Leben. Schwiegermutter. Bewilligung. Seien Sie nicht parteiisch. Ich sage es nochmals. Vergnügungssucht.

Einzelne, in den Gang gespülte Wörter und Sätze, die sich mit dem Geflüster der Wartenden vermischen. Goldene, am Ohr hängende Tränen – eine Frau, die sich mal nach links, mal nach rechts zu ihren Nachbarinnen dreht. Ein ausgedörrtes Männchen, das mich mit brillenvergrößerten Augen entsetzt anstarrt, als hätte ich ihn bei einer ungehörigen Tätigkeit erwischt. Es wäre besser, umzukehren, sofort. Ich gehe weiter. Immer tiefer in den Gang hinein. Auf den Bänken sitzt kaum mehr jemand. Es wird kühler, stiller. In den Fenstern brennt kein Licht mehr. Offenbar wird hier, im hinteren Bereich, nicht gearbeitet. Das geflüsterte Gerede in meinem Rücken verdünnt sich zu einem kaum hörbaren Gesäusel. Ich versuche, mich an die Stille anzupassen, auf leisen Sohlen zu gehen. Meine Turnschuhe so aufzusetzen, dass sie nicht quietschen. Die lächelnden Kouros-Statuen, ihre Schritte habe ich mir immer vollkommen lautlos vorgestellt.

Kann ich Ihnen behilflich sein?

Ich weiß nicht, woher die Stimme kommt, und im ersten Moment verdächtige ich meinen Kopf. Ich drehe mich um, und ein großgewachsener, bleicher Mann steht in einer halb geöffneten Tür. Vielleicht können Sie das, ja, und ich wische mir den Schweiß von der Stirn. Hierher verirrt sich kaum jemand, und er bittet mich in sein Büro, fordert mich auf, Platz zu nehmen.
Ich sitze einem Mann gegenüber, der seine Hände flach auf den Tisch legt. Er stellt sich als Marko Ivanji vor, Mitarbeiter des Historischen Instituts. Und er entschuldigt sich für

die Unordnung. Aber die Zeitungsartikel, Karten, Notizen, Büchertürme zeugten von den anschwellenden und verebbenden Gesprächen, in die er ständig verwickelt sei. Und Sie, woher kommen Sie, was suchen Sie hier?
Schön kühl ist es hier drin. Ich weiß natürlich, dass meine Antwort unsinnig ist. Und ich erzähle, dass ich aus Zürich angereist sei, die Kaserne habe sehen wollen, in der mein Cousin letzten Sommer stationiert gewesen sei. Aber man hat mich unzweideutig abgewiesen. Herr Ivanjis Lippen, die außergewöhnlich rot sind, kräuseln sich, alles ist vergeblich, das hat die Bibel uns gelehrt oder aufgebürdet. Wenn Sie erlauben, werde ich Ihnen trotzdem, wie soll ich sagen, Einlass gewähren, ein paar Einzelheiten über die Kaserne erzählen – der Herr Archivar kommt mir ein bisschen verstiegen, allzu ernst vor, als er hinzufügt, wenn Sie bereit sind, hinter die Fassade zu blicken.
Ich habe heute nichts mehr vor, antworte ich, versuche zu lächeln. Herr Ivanji bietet mir Kaffee an, Wasser und verschwindet hinter einer Tür, offenbar die Küche. Einlaufendes Wasser, Geschirrgeklapper – die Geräusche aus dem Nebenzimmer beruhigen mich, so dass ich sofort einschlafe.

Wünschen Sie Ihren Kaffee mit oder ohne? Herrn Ivanjis weiche Stimme. Sie erinnert mich daran, wo ich bin. Ich entschuldige mich für meine Erschöpfung, bitte um viel Zucker. Herr Ivanji schiebt ein paar Bücher beiseite, löffelt Zucker in meinen Kaffee; er wolle mir nicht zu nahetreten, aber möglicherweise sei es sinnvoll, wenn ich ihm zuerst von meinem Cousin erzählte.

Ein Bild fällt mir auf, das gerahmt auf seinem Tisch steht, ein mit Wasserfarben gemaltes, schwarz-weißes Tier auf grünem Hintergrund. Tagsüber heißt es Kiminando, nachts Bamakat, sagt Herr Ivanji lachend. Ein Zebra mit Elefanten-Füßen und Fledermaus-Ohren, eine Schöpfung der jüngsten Generation!
Bezaubernd und sehr – glaubwürdig, antworte ich, bleibe an den Streifen hängen, an den Klumpfüßchen, und ich nippe hastig am Kaffee. Letzten Sommer sei mein Cousin Zoltán eingezogen worden. Über seine Zeit in Zrenjanin wisse ich fast nichts. Was soll ich Ihnen also erzählen?, und ich nippe wieder am Kaffee, wünschte mir, ich hätte geschwiegen. Herr Ivanji schaut mich an, lange. Seine Augen – dunkel, dunkelgrau, fast schwarz, schimmernde Inseln, die mich problemlos zum Weinen bringen könnten. Der rettende Blick zu Boden, auf Herrn Ivanjis sympathisch unförmige Sandalen. Er ist tot, sage ich, als gehörte mein Mund nicht mir. Er ist nicht in Zrenjanin gestorben, sondern zu Hause. Beim Essen hatte er vermutlich einen epileptischen Anfall und ist erstickt.

Eine Fliege surrt zwischen den Falten der Vorhänge – Herr Ivanjis große Hand kreist über dem Tisch, erinnert mich an die schneidenden Spuren von Pirouetten drehenden Eiskunstläufern. Er empfinde selbstverständlich eine traurige Gewissheit, dass seine bescheidene Existenz mir den erforderlichen Trost nicht erbringen könne, sagt Herr Ivanji nach einer längeren Pause. Ich stehe auf, will mich verabschieden, von ihm, von seinen verschlungenen Sätzen – er schaut mich an, zwingt mich mit seinem fließenden

Blick zum Bleiben. Ich weine, ohne mich zu schämen, sagt er, schenkt Wasser nach, trinkt, schenkt nochmals nach und fährt fort.
Wir leben in einer Zeit, die sich uns unverschämt und grausam aufdrängt. Auch ein langweiliger Archivar müsste sich fragen, warum er sich über die Quellen beugt, anstatt – und Herr Ivanji zögert, legt Pläne, Lithographien, Fotos der Kaserne sorgfältig auf dem Tisch aus.
Anstatt was?
Aufschauen müsste ich, mich von meinen Dokumenten losreißen, Herr Ivanji dreht sich zum Fenster, zieht den Vorhang zur Seite, winkt mich zu sich. Auf den Freiheitsplatz da unten müsste ich hinaustreten, unüberhörbar Halt! rufen.
Halt! wiederholt Herr Ivanji, als wäre mit diesem einen Wort das Wesentliche gesagt, und die dicke Fliege surrt zwischen unseren Köpfen hin und her. Damit sich das Rad nicht ewig weiterdreht mit uns, fährt Herr Ivanji nach einer Pause fort, wühlt mit seinen gespreizten Fingern in seinem dichten Haar. Vergessen Sie die Pläne, schauen Sie aus dem Fenster. Sehen Sie genau hin!
Ich will Herrn Ivanji unterbrechen, ihn fragen, was es mit diesem »Halt« auf sich hat, aber Herrn Ivanjis Stimme, die in den tiefen Frequenzen luftig federt, führt mich aus dem vollgestopften Zimmer. Aus dem Stadthaus, über den Bega-Kanal. Am Amtsgericht vorbei, wieder zur *Stevice Jovanovića*, zur Kaserne.

Der Buschauffeur klopft aufs Lenkrad, pfeift zur Melodie aus dem Radio, leicht versetzt, eine zärtliche Partitur für

die Sonnenblumenfelder, die durchhängenden Telefonleitungen – ich versuche aufzuschreiben, was Herr Ivanji mir erzählt hat. Der Bus zittert in meinen Stift, verzogene, verwackelte Buchstaben, und der Himmel ist immer noch weiß, ausgelaugt von der Hitze, als ich dich sehe, mit deinem kindlichen Gesicht, eingepackt in die Uniform der Jugoslawischen Volksarmee.
Aus den Akten: *Während seines Militärdienstes hat Kertész Zoltán sich mehrmals in Krisensituationen befunden.* In welchen Krisensituationen und warum und wie oft hat das Papier verschluckt.

Die Kaserne – sie war ursprünglich ein Spital, 1859 erbaut, während der österreichisch-ungarischen Monarchie, als Zrenjanin noch Nagybecskerek oder Großbecskerek hieß. Und Herr Ivanji hat über mein Staunen gelacht, wechselte scheinbar mühelos vom Ungarischen ins Serbische und dann ins Deutsche. Keine zehn Jahre später wurde das Spital in eine Kaserne umgewandelt, umfunktioniert, sagte Herr Ivanji, in die *Rudolf-Kaserne* oder *Rezső laktanya*.
Er bat mich mehrmals, auf den Platz zu schauen, in den weißen Himmel über dem Platz, und Sie werden sie sehen, die blauen oder blaugrauen oder graugrünen oder feldgrauen oder grünen Uniformen. Die Pickelhauben oder Kappen oder Stahlhelme oder Schirmmützen. Mit leiser, immer eindringlicherer Stimme beschrieb Herr Ivanji die unterschiedlichen Armeen, die in den vergangenen hundert Jahren hier aufmarschiert sind. Herr Ivanji kippte den Kopf nach hinten, mit halb geschlossenen Augen flüsternd – als ob er sie alle beschwören müsste. Die Sol-

daten der österreichisch-ungarischen Armee. Die *vojnici*, die Soldaten des Königs Peter I. Karadjordjevic. Die deutsche Wehrmacht. Und die Jugoslawische Volksarmee, die jetzt aufmarschiert, um sich selbst und die Menschen im eigenen Land zu töten. Ihr Cousin, mein Bruder, unsere Verwandten und Freunde.
Was sehen Sie, fragte mich Herr Ivanji unvermittelt, was sehen Sie im flirrenden Licht?
Ich blieb stumm – Herr Ivanji zog den Vorhang wieder zu, tupfte sich Stirn und Augen mit einem Stofftaschentuch ab, verstehen Sie jetzt, warum ich dieses Zimmer verlassen, Halt! rufen müsste?
Ich hätte sagen müssen, dass ich ihn ganz genau verstehe – und dass wir abspringen müssten von diesem Rad, das sich immer weiterdreht, mit unserer falschen Hoffnung, aber ich sagte nur, doch, ich glaube, dass ich Sie verstehe.
Herr Ivanji ließ sich auf seinen Stuhl fallen, fing wieder an, mit seiner Hand über dem Tisch zu kreisen.

Herr Ivanji!
Ich wollte ihn bitten, wieder aufzustehen, groß zu sein, groß und beeindruckend, ein Mann zu sein mit einem sinnvollen Beruf, einem erfüllten Leben – aber der bleiche, magere Herr Ivanji war nicht mehr erreichbar. Ich streckte ihm meine Hand hin, fühlte mich entkräftet, verwirrt, als er nicht einmal aufschaute. Ich bückte mich nach meiner Tasche, und mein Blick blieb an einer Lithographie hängen, untertitelt mit *Hauptfront-Ansicht des Kronprinz-Rudolf-Kreis- und Stadtspitales in Großbecskerek, erbaut im Jahre 1859*. Unmittelbar daneben, wie zum Hohn, eine Schwarzweiß-

fotografie: Wehrmacht-Soldaten, die vor jungem, sommerlich gekleidetem Publikum in Dreierkolonnen aus dem Torbogen der Kaserne marschieren, direkt auf den Fotografen zu.

Ich berühre das staubige Busfenster, schaue hinaus auf die Sonnenblumenköpfe, die sich nicht nach der Sonne drehen, wie ständig behauptet wird – ich sehe, wie du als Kind barfuß über ein Stoppelfeld läufst, so schnell und leicht, wie ich nie jemanden habe laufen sehen; ich sehe dich, wie du unter dem Torbogen der *Svetozar Marković Toza*-Kaserne stehenbleibst, auf dem vor fünfzig Jahren in Großbuchstaben *Adolf-Hitler-Kaserne* stand. Vollkommen reglos stehst du da, wartest auf eine Lücke in der Zeit, darauf, dass deine Füße dich davontragen, in eine Zukunft – weg von der *Stevice Jovanovića*, am Amtsgericht vorbei, über den Kanal, so schnell wie möglich raus aus der Stadt, in ein Maisfeld, das dich schützt. Zum Verschwinden bringt.

P-F-A-N-N-K-U-C-H-E-N

Ja, ich bin ein Clown, ein Buchstaben-Fresser, eine Vogelscheuche, der Schöpflöffelidiot, so haben sie mich genannt, Glotzmonster Zoli! aber das hat mir ganz und gar nichts ausgemacht, all die Namen – und wer hat schon etwas gegen Vogelscheuchen? ich jedenfalls habe mir eine gebastelt, in meinem Garten, früher, und ich habe mit ihr geredet, warum nicht? habe ihr gut zugeredet, sich mit dem Wind und der Sonne zu verbünden – haben Sie schon mal eine Vogelscheuche reden gehört? also beim Reden, da muss man ja auch zuhören, das ist es ja, was ich Ihnen sagen will, die Vogelscheuche hat mir immer zugehört und hat dann auch geredet, in ihrem Fetzen-Glanz-Gewand, und Federn hab ich ihr angeklebt, an den Schultern, am Rücken, ach, aber ich werde Ihnen nicht erzählen, was sie mir anvertraut hat ...

Kertész! Vogelscheuche! so habe ich mich beim Abtreten gemeldet, und jeder hat gelacht, auch der Räuber-Leutnant

so einen Witz muss man belohnen, Pfannkuchen! hat der Leutnant gerufen, morgen gibt's Nachtisch für die ganze Kompanie, Kertész, Sonderschicht! hast du verstanden? siebenhundertsechsundfünfzig Pfannkuchen!

unmöglich, habe ich sagen müssen, nicht möglich, habe ich gesagt, auch wenn ich sofort damit anfange, und: Pfannkuchen sind doch ein wunderbares Gebäck mit einer Über-

raschung, einer Marmeladen-Mulde, die einem den Mund kühlt, nicht wahr? aber Pfannkuchen hat es noch nie gegeben, weil sie viel zu teuer sind, warum ausgerechnet ... Kertész, verstanden?
jawoll, verstanden! Pfannkuchen siebenhundertsechsundfünfzig! so habe ich geantwortet
falsche Reihenfolge, hat der Leutnant gerufen, nochmals, Kertész! mit deinem Gestammel beleidigst du mein Ohr, die Armee ...
keine Ahnung, wie oft ich es versucht habe
aber ich weiß, es war Donnerstagabend, der Himmel war rötlich -R-Ö-T-L-I-C-H- daran habe ich mich festgebissen, an diesem Wort und seiner Erscheinung, mein Mund ist gestrauchelt, keine Ahnung wie oft – aber ich habe es gesehen, dass der Himmel und das Wort eins waren, genau das habe ich gesehen – und die ganze Einheit musste strammstehen, bis ich es geschafft habe
siebenhundertsechsundfünfzig Pfannkuchen
na also, es geht doch, und jetzt Abmarsch in die Küche!

ja, ich war allein da, stand eine ganze Weile vor den Regalen, auf denen die Vorräte gestapelt sind, ganz bestimmt habe ich geweint, habe ich Sie schon einmal gefragt, warum dieses salzige Wasser aus den Augen fließt? warum steht davon nichts in der Bibel, von dieser Sintflut in den Augen?
weil die Bibel nur Hirnwäsche ist, würde Jenő sagen, fast fünfzig Jahre lang waren alle Atheisten, jetzt brauchen sie die Bibel wieder, um uns in Uniformen zu packen, und Jenő erzählte mir die Geschichte des Hauptmanns von Kapernaum – und Jenő wusste, dass wir ein einziges Buch zu

Hause hatten, ja sicher, die Bibel, mit vielen Bildern, mit ihr habe ich lesen gelernt, manchmal habe ich einen Anfangsbuchstaben stundenlang angeschaut, mit der Bibel habe ich lesen und vergessen und fliegen gelernt, aber ganz bestimmt – und dann Jenő, der behauptete, dass die Bibel nur eines sei, Hirnwäsche, damit du dich einreihst, damit du nicht fragst, damit du gehorchst, damit du bereit bist, jeden Unsinn zu schlucken, Wundergeschichten fürs Volk, sagte Jenő, und er erzählte mir die Geschichte des Hauptmanns von Kapernaum, unzählige Male, weil ich sie nicht begriffen habe, armer Jenő, der nicht fassen konnte, dass ich Kapernaum aufschrieb

-K-A-P-E-R-N-A-U-M-

in die Ritzen von Kapernaum bin ich hineingeschlüpft, ich ritt auf einer Welle, ich ritt auf einer Welle aus dunkelgrünem Laub, an zart-knotigen Gewächsen vorbei, kleine, regenbogenfarben geflügelte Insekten, die mich auf meinem Ritt begleiteten, zu einem hellen Schlund hin, der mich aufnahm, als wäre ich ein glücklicher Junge, ein Fürst, ein Prinz, ein König, oh, ein Sultan … Kapernaum

Träumer, Kapernaum hat nichts mit deinen hirnrissigen Phantasien zu tun, Zoli, gar nichts, verstehst du? warum, meinst du, stopfen sie unsere Ohren mit Reimen voll, die so schlecht sind, dass mir die Kotze kommt, »vor meines Jesu Gottesblicke, erschrickt der Feind und flieht zurücke«? Zoli, warum gebe ich mich überhaupt mit dir ab? du begreifst nichts, jedenfalls nichts Wesentliches, du bist ja nicht blöd, gar nicht, aber irgendwie bist du resistent, so Jenő, gegen Argumente, Einsichten, gegen das geistige Prinzip im Allgemeinen

oh nein, ich habe nicht protestiert, weil ich Jenő ja tatsächlich verstanden habe, und doch war Jenő immer da, hat meinen Zoli-Verstand irgendwie gegen alles verteidigt ...
jaja, die siebenhundertsechsundfünfzig Pfannkuchen, dazu braucht man eine Menge Zutaten, hundertneunundachtzig Eier zum Beispiel, ich hatte hundertsiebzig, wie wäre es, wenn man den Armeeküchenboden mit hundertsiebzig Eiern garnieren würde? wie wäre es, ein Kilo Hefe in den Mund zu bröckeln, den eigenen Bauch aufzublähen, ihn mit Konfitüre zu beschmieren? schöner Pfannkuchen!
-K-E-R-T-É-S-Z-Z-O-L-T-Á-N-
es ist aussichtslos, siebenhundertsechsundfünfzig Pfannkuchen in einer Nacht, in achtzehn Stunden, und doch verteile ich zweiundzwanzig Kilo Mehl auf Schüsseln, forme Mulden, löse Hefe und Zucker in Milch auf, gieße sie in die Mulden, meine Tränen, ich habe sie ganz bestimmt in die Schüsseln geweint, an die Tränenflut denke ich, als der Teig Blasen wirft, Luftlöcher, Luftlachen, Luftlicht, es nützt alles nichts, kein Wort lässt mich in sich hineinschlüpfen, und ich habe nie schnell, aber immer genau gearbeitet, dass ich das weiß, nützt mir aber gar nichts, dass man den Vorteig genügend lange aufgehen lassen muss, an einem warmen, zugfreien Ort, auch dieses Wissen ist nutzlos, haben Sie eine Ahnung, wie lange es dauert, hundertsiebzig Eier zu trennen? ich weiß es nicht mehr, in jedem Fall dauert es lange, wenn die Finger zittern, dauert es ewig, Todfeind, zittrige Finger beim Backen, oh, ich habe nie gern Eier getrennt, mir waren Rezepte lieber, bei denen man ganze Eier

braucht, verquirlen, das klingt doch danach, dass Eigelb und Eiweiß zusammengehören, keine Todfeinde sind

sicher, mir fällt der Leutnant ein, dass er weit entfernt ist von den Menschen, vor allem aber von den Pflanzen und Tieren, dass ich ihm den Tod wünschte, kann ich nicht sagen, sicher hatte ich eine Wut in den Händen, das Küchenlicht flackert in meine Wutfinger hinein, aber was ist denn das, wenn man mit seiner Wut den Pfannkuchen-Teig verdirbt und zerknetet? warum antworten Sie mir nicht? – nur der Leutnant Raubvogel, mit seinen Sätzen mit Schaum-Spuck in den Mundwinkeln, »Vorgesetzte und die von ihnen beauftragten Führungsgehilfen haben das Recht und die Pflicht, Befehle in Dienstsachen zu erteilen. Die Unterstellten sind zu Gehorsam verpflichtet«, solche Sätze können doch nicht gut sein für die Pfannkuchen

Jenő, der immer wieder erklärte, dass Glaube und Gehorsam ein unseliges Paar sind – ein unseliges Paar? – ja, oder wenn dir das besser passt: die Vorder- und Rückseite einer Münze, und die biblischen Wundergeschichten sind nur dazu da, damit wir gehorchen, mit einem schönen Wunder werden wir eingelullt, und dann sollen wir gehorchen, in der Kirche, in der Armee, wo auch immer! Zoli, Worte sind Fallen, merk dir das, vor allem hier, in der Armee, Krieg, wo ist da dein Unterschlupf? Befehl? Gehorsam? Vorgesetzter?

ja, es ist wahr, ich habe in den Worten immer einen Unterschlupf gesucht, ein Schlupfloch.

W-I-R

In dieser Pfannkuchen-Nacht ist etwas passiert, im flackernden Küchenlicht, ich habe Kugeln geformt aus zweiundzwanzig Kilo Teig, Kugeln im Durchmesser von vier Zentimetern, ich weiß zwar nicht genau, was passiert ist, aber sie haben sich, oh ja, sie haben sich vermehrt, flackerndes Küchenlicht auf siebenhundertsechsundfünfzig genau geformten Pfannkuchen-Teig-Kugeln, und ich schaute zu, wie sie aufgingen, wie die Sonne aufging, rötlich, ich habe immer noch geweint, das Zittern hat ... in den Beinen hat es angefangen
es ist nicht mein Zittern, sondern ein Zittern vor Müdigkeit und Schrecken, die ganze Kompanie, sie wartet auf meine Hände, sie wartet auf ihre Hinrichtung, alle gleich, Marsch in die gleiche Richtung ... »der Krieg ist nicht sentimental«, schreit der Leutnant, »Ziel der militärischen Ausbildung und Erziehung ist die Fähigkeit zur Auftragserfüllung im Krieg und in anderen Krisensituationen, auch unter Einsatz des Lebens!«
ja, man wird uns einsetzen -E-I-N-S-A-T-Z- schon bald, in ein paar Tagen, kämpfen für die Jugoslawische Volksarmee!
und ich sehe sie, die Pfannkuchen-Kugeln, sie sind doppelt so groß
-G-E-S-C-H-O-S-S-E-
und der Leutnant Raubvogel schwingt sich auf, kreist über meinem Kopf in meinem Kopf

Fett in allen vorhandenen Bratpfannen erhitzen!
160°, die ideale Temperatur!
Pfannkuchen auf die Bratpfannen verteilen!
sechs pro Pfanne!
wenden, wenn sie goldbraun sind!
die ganze Kompanie vor mir, einer wie der andere, Viktor, Lőrinc, Ferenc, Imre, Gyuri, Miloš, József, Nándor, Danilo, mein Jenő! die Namen verschwimmen, verschwinden … siebenhundertsechsundfünfzig … Kugeln, gleich groß, gleich schwer, alle gleich … und voneinander getrennt
-W-I-R-
ich schaffe es nicht, Kertész Zoltán, das Zittern in den Beinen, kein Unterschlupf im Wort Armee, Jenő hat recht, nur meine zitternden Beine, mein Schläfenflattern, die Angst unter der Hose, seit Tagen hören die Tage nicht mehr auf, »der Kommandant kann einzelne Angehörige der Einheit zu zusätzlicher, dienstlich notwendiger Arbeit außerhalb der allgemeinen Arbeitszeit befehlen«, Sonderschicht!, so der Schnabel-Befehl des Leutnants, kein Unterschlupf im Wort Sonderschicht
man wird mich einlochen, »Auftrag nicht ausgeführt!«, die Pfannen, Deckel, Schwingbesen, Kellen, Messer im Morgenlicht, das flackernde Küchenlicht, ich will es abstellen, ich muss! und ich zittere am Lichtschalter vorbei, mein stummer Geist, er ist – ich stütze mich mit der einen Hand an der Wand ab, um mit der anderen den Schalter zu treffen, ja oder nein, schaffst du es, ja oder nein, schaffst du es oder –
»die Ruhezeit dient der Erholung, sie kann befohlen werden«

die Sätze des Leutnants, sie feuern in meinem Kopf, hinter meiner Stirn, sie schießen aus meinen Fingern, wenn ich den Lichtschalter erwische, verschwinden sie, aber ja, ganz bestimmt höre ich Jenő, er nimmt meine Hand, führt meine Finger, stell dich ab, Zoli, du musst, sonst haben sie dich!
die himmlischen Heerscharen fallen mir ein, himmlische Meerscharen, habe ich als Junge gelesen, die vereinten Weltmeere im Himmel, oh ja, die fahrenden Inseln, auf denen Gott wandelt, die rötlichen Finger seiner Morgensonne in der Kasernenküche, und die Küchentür, sie steht offen steht sie, und Gott muss doch ein Erbarmen mit mir …
gütiger Gott, Sie sind doch die Lichtgestalt und die Wärme und die Gnade und das Erbarmen, aber warum werden wir alle – wird jeder in die Unbarmherzigkeit hineingestoßen? ist Ihr Licht, ist es nicht stark genug? warum holt mich hier kein einziges Menschenleben raus? meine Mutter, mein Vater, warum sollten sie es tun, sie tun ja nur, was alle anderen auch tun …

der Lichtschalter hat endlich stillgehalten, das Flackern hat aufgehört, und ich habe meinen Rücken gegen die Wand gelehnt, und Jenő, ja, er ist neben mir gestanden, hat meine zitternden Hände gegen meine Brust gepresst, die Kugeln, sie leuchten, sie wollen, sie wollen abgefeuert werden, und ich habe sie gemacht! sage ich zu Jenő, ich habe gehorcht! und Jenő drückt meine Hände, sagt so leise und bestimmt, jeder andere hätte es auch getan, komm schon, lass uns weitermachen, wir haben noch einiges vor, mein Freund

Jenő hat mir geholfen, ja, er hat mir geholfen, die Kugeln zu frittieren, aber weißt du nicht, du weißt doch, was dich erwartet, wenn der Raubvogel dich hier erwischt?
und du, weißt du nicht, dass die Angehörigen der Armee verpflichtet sind, kameradschaftlich zusammenzuarbeiten? den Kameradschafts-Paragraphen wird der Raubvogel doch respektieren, oder? und Jenő hat gelacht, oh ja, er hat gelacht und auf die Teig-Kugeln gezeigt, eine etwas gespenstische Versammlung haben wir da vor uns, nicht?

F-L-E-C-K-A-N-Z-U-G

Man hat Jenő man hat ihn an meinen Rucksack gebunden, nach zwei Kilometern, weil er nicht mithalten konnte, bei einem Trainingsmarsch -M-A-R-S-C-H- dem letzten, vor Vukovar
das Spiel, bald wird es ernst! so der Raubvogel
ja, sie haben Jenő mit Riemen ließen der Kommandant und der Leutnant ihn an meinem Rucksack festbinden, von seinen Traggurten aus an meinen Rucksack -R-Ü-C-K-E-N-
Marschrekord! der Kommandant und der Leutnant wollten einen neuen Rekord aufstellen
Kertész, du hast die Verantwortung für deinen Fettsack im Schlepptau, verstanden? jetzt kannst du ihm helfen!
Jenő lachte oder lächelte, er und ich, wir mussten vorne marschieren, hinter dem Kommandanten und dem Leutnant, und die Truppe, vierundzwanzig Mann, hinter uns
ein Morgen so frisch wie das Wasser im Gesicht
-S-P-Ä-T-S-O-M-M-E-R-
-F-R-Ü-H-H-E-R-B-S-T-
Tage, an denen sich die Jahreszeiten kreuzen, ein Tag, an dem man doch sitzen und den Tag, die aufgehende Sonne bewundern müsste
Kertész, Zigeunerfratze, Schlappschwanz, du hast die Verantwortung für deinen Fettsack im Schlepptau! so der Leutnant vor uns
oh, ich werde diesen Satz nie vergessen, nicht wegen Zigeu-

nerfratze oder Schlappschwanz, nicht wegen Fettsack, sondern wegen Verantwortung
-V-E-R-A-N-T-W-O-R-T-U-N-G-
Kertész, du erleichterst ihm das Marschieren im eingeschlagenen Tempo!
ich habe nicht widersprochen, nein, niemand hat widersprochen, wir waren alle, alle waren wir ein einziger Antrieb, und Jenő und ich haben mitgehalten, am Anfang, wir haben sogar ein Lied gesungen, das ich ihm beigebracht habe, über das er immer gespottet hat
»eine Knospe war ich, als ich geboren wurde, eine Rose, als ich Soldat wurde, im eigenen Dorf, da bin ich aufgeblüht, in der Kaserne, da bin ich verwelkt ...«
und der Leutnant, er hat gelacht, das ist das falsche Lied, ihr Waschlappen! und er stimmte sein Lieblingslied an, »ich marschier zu dir, ich marschier zu dir, vorn und hinten, gut bestückt, leck ich dich wund, zu jeder Stund«
nach drei Kilometern hat Jenő nur noch laut gekeucht, ich habe ihm zugeredet, ihn mein Habundgut genannt, meinen liebsten Anhänger, ich habe ihm gut zugeredet, obwohl reden und marschieren anstrengend ist, aber ich habe es getan, damit er weiß, damit er weiß, dass ich da bin, Jenő hat nicht geantwortet, und ich bin kurz stehengeblieben, habe ihm den Rucksack abgenommen
Jenő Jenős Körperfülle habe ich immer bewundert, so viel weiches Fleisch, oft habe ich mir Jenős Herz vorgestellt, wie gut und angenehm es gepolstert ist, wie weich es eingebettet ist, seine Herzschläge, die aber ganz bestimmt keine Schläge sind, sondern Schubser oder Herzstupser – das hätte ich Jenő sagen sollen, oh ja, aber nicht nur das

ich habe an Jenős Herz gedacht, als ich ihm den Rucksack abgenommen habe, weil ich in seinen Augen sein Herz gesehen habe, ja, sein Herz war so klein und aufgehetzt und lärmig, ganz bestimmt war es das, und ich hätte sofort hätte ich stehenbleiben müssen, mich weigern müssen weiterzugehen, aber ich habe an Jenő gezogen, vielleicht, um sein Herz nicht zu hören, habe ich die Herbstblumen aufgezählt, Wirbelwind-Anemone, Goldmarie, Halskrausen-Dahlie, Nebelrose, eine Apfelsorte nach zehn Schritten, Zitronenapfel, Tulpenrot, Gravensteiner, Eisapfel, Pfarrersapfel, Jonathan

bin ich doch ich bin ein Kind, das durch die Nacht schlottert, pfeift und plappert, um die Geister zu vertreiben, aber es ist, nein, es ist nicht nachts, sondern heller weiß-gelber Tag, die Sonne, sie bricht durch den Frühnebel, nein, ich bin kein Kind, ich bin, ja was bin ich denn?

-I-D-I-O-T-E-N-H-I-R-N-

-Z-I-G-E-U-N-E-R-D-R-E-C-K-

-S-C-H-I-L-D-K-R-Ö-T-E-N-S-O-L-D-A-T-

Jenő und ich, wir fallen ab, die anderen ziehen an uns vorbei, Viktor, Lőrinc, Miloš, Gyuri, Imre, Danilo

ich kann nicht mehr, keucht Jenő nach vier Kilometern, ich drehe mich um, Jenős Augen sind halb offen, halb geschlossen, sein Herz ach sein Herz in meinen Ohren

Jenő kann nicht mehr! Danilo gibt meine Nachricht weiter, der Kommandant, der Leutnant, sie lassen weitermarschieren, das Tempo, oh nein, das Tempo wird nicht reduziert, Befehl ist Befehl!

was fragen Sie? – ja, aber sicher, das war das Einzige, was ich konnte, in der Armee, gehen, laufen, marschieren, stunden-

lang, bei jedem Wetter, am liebsten im Regen, ein Marschidiot, das war ich, und Jenő, er hätte es gern gekonnt, ich muss meinem Fett Beine machen, sonst haben sie mich! so Jenő, diese Armeekrüppel, denen zeig ich's!
bei Kilometer fünf gibt es eine Pause, sieben Minuten! Jenő sackt zusammen, ich erinnere mich an eine Hummel, wie gleichgültig sie um uns herum summt, und ich habe Jenő gebeten, etwas, wenigstens ein Wort zu sagen, meine Wut auf Jenő, weil er aber auch gar nichts mehr gesagt hat, warum zitierst du nichts aus deinen Büchern? oh Jenő, er hat nur gekeucht, in seinem nassen Tarnanzug, seine Augen immer noch halb-offen halb-geschlossen
nicht aufgeben! weitermachen! so der Leutnant, so der Kommandant, und ich habe nicht widersprochen, niemand hat widersprochen, los, auf die Beine!
Jenő kann, er kann fast nicht aufstehen, ja, sie haben ihn, sie lassen ihn mit einem zweiten Riemen an Miloš' Rucksack festbinden -R-I-E-M-E-N- wie soll ich mir das erzählen?
und Sie, hören Sie mir überhaupt noch zu?
ich sehe mich und Miloš von oben, von der Luft aus sehe ich uns, wie wir Jenő hinter uns herziehen wie ein Stück Vieh, Jenő, es muss doch jemanden geben, der das alles verbietet! halt die Schnauze und zieh, flucht Miloš
Jenő schweigt, aber er müsste doch reden, weil er der Einzige ist, der das Dienstreglement in- und auswendig kennt, Jenő humpelt, er hat einen Krampf, ich habe einen Krampf im Bein! das sagt Jenő, und seine Angst, sie klingt wie morsches Holz
-S-P-Ä-T-S-O-M-M-E-R-
-F-R-Ü-H-H-E-R-B-S-T-

Jenő, halt durch! Danilo, er gibt meine Nachricht weiter
der Kommandant
lässt
weiter
weitermarschieren
Danilo schiebt Jenő von hinten, Befehl des Leutnants
die durchschnittliche Marschgeschwindigkeit, sieben Komma sechs Kilometer pro Stunde
Miloš dreht sich um, zu Jenő, sein Augentod, der Hass in der Angst, verflucht Mann, reiß dich zusammen!
wir müssen stehenbleiben, wir schaffen das nicht, Jenő schafft das nicht!
wir müssen
-M-Ü-S-S-E-N-
-W-I-R-
Kilometer acht
ich versuche, die Riemen durchzuschneiden, der Leutnant schlägt mir das Messer aus der Hand
ich drehe mich um, Jenős Lider zittern, an den Riemen Jenős Hände so schlaff so durch durchsichtig

er bricht zusammen, auf einer Brücke, Jenő, in seinem Tarnanzug, er bleibt liegen, rührt sich nicht mehr, nur seine Hände verkrallen sich ins Brückengeländer, Kilometer acht Komma sieben

ja, Jenő ist da gelegen, im Staub, in der Morgensonne, Miloš hat die Riemen gelöst, der Kommandant, der Leutnant, die Jenő reglos anschauen, der kommt wahrscheinlich nicht mehr! sie haben den Satz an meine Stirn geheftet -D-E-R-

K-O-M-M-T-W-A-H-R-S-C-H-E-I-N-L-I-C-H-N-I-C-H-T-M-E-H-R- so der Arzt
und in mir, ja in mir hat es eine Aufbäumung gegeben, ein gewaltiger Wolkenbruch in meinem Kopf – aber es war zu spät – ich habe, ach ich habe Jenős Finger gestreichelt, am Brückengeländer, habe mit meinen Händen, mit seinen habe ich gegen den Leutnant gehämmert, den Kommandanten, gegen alle, ich habe sie alle jeden Dekorierten in einem einzigen langen Fluch verwünscht, alle Schlechtigkeit, die mir je auf der Zunge gelegen ist, habe ich ganz bestimmt aufgeboten, ich habe an meinem Kampfanzug gerissen, daran erinnere ich mich genau, dieser Fleck-Anzug, der mich schon immer angewidert hat, Fleck-Anzug mit seinen falschen, stumpfen Farben! so habe ich geschrien, immer wieder, Jenő! seine weiche Schale ... seine haarlose Haut ... man hätte Jenő Jenős Herz in luftige Gewänder kleiden müssen, in allen möglichen Farben, Schattenmorellenrot, Schmeissfliegengrün, Teerosenorange, so habe ich geschrien – Jenő am Brückengeländer, bewusstlos Kertész Zoltán! im Namen der Armee, nehmen Sie Haltung an! nehmen Sie Vernunft an!
-V-E-R-N-U-N-F-T-
ich habe weiter geschrien, und Miloš hat ausgeholt, mich ins Gesicht geschlagen, ich bin getaumelt, gefallen, habe mich gesehen, von oben, von Ihrem Standpunkt aus, der Leutnant, er ließ weitermarschieren, los, auf die Beine!
der Arzt und Jenő – wir lassen sie zurück

ich bin ein Baum im grünen Wald, wie schön wäre es, wenn jemand mich anzünden würde, und ich, ja ich würde diese ganze lumpige Welt in Brand stecken, denn inmitten dieser Welt, in ihrer Mitte in ihrem Herz ist die Wahrheit versteckt und verschaufelt und begraben

-F-R-I-G-Y-E-S-J-E-N-Ő-
16.3.1969-18.9.1991

A-R-R-E-S-T

Wenn ich meine Finger, wenn sich meine Hand streckt, könnte ich Jenő anfassen, seine Gedanken, und ich möchte ihm sagen, was möchte ich ihm sagen? dass ich fast nackt auf der Pritsche liege, mich bereit mache, damit eine Einsicht zu mir kommt, ich will nicht mehr, essen will ich nicht mehr, damit sie endlich zu mir kommt, die Einsicht, wozu die Stiefel? wozu das Brüllen in Zrenjanin? warum drückt »Soldat Kertész« von innen gegen meine Haut? warum werden wir bald abkommandiert, verschickt wie Pakete?
ich muss das Aushungern üben, sage ich zu Jenő, damit nur noch eine Einsicht übrig bleibt, und ich liege, mein Rücken auf der Pritsche, die Pritsche ist mein Rücken, ich muss mich aushungern, aushöhlen, damit ich endlich etwas von Grund auf verstehe, das Prinzip, wie du sagst!, und es vergehen bestimmt, aber ganz bestimmt Stunden mit meinen sehenden Augen, oh Jenő, und ich will, dass deine Wahrheit zu mir kommt – Miloš oder Viktor stellen mir das Essen hin, Kertész, iss endlich, zieh dich an, Mann! – aber Kertész antwortet nicht, bleibt stumm, Miloš oder Viktor oder irgendeiner stoßen ihn, stoßen ihn in die Seite, Kertész reagiert nicht, verdammt Mann, bald hast du den Trichter im Mund!
nein, ich sage nicht, dass ich nicht essen werde, Kertész sagt nichts, aber ganz bestimmt sehe ich, dass sich die Decke

wölbt, aber ganz sicher geschieht es mit den Steinen, dass sie sich langsam verformen, oh ja, Kertész, es ist warm, es ist eine Wärme in allen Farben
warm haben wie Sonnenblumengelb!
warm haben wie Mohnblumenrot!
warm haben wie ein Abendwind im Sommer!
hörst du, das ist ein Befehl, Kertész! und Kertész Zoltán schreit, verstanden! alles verstanden! aber wo ist die Einsicht? die Decke wölbt sich, die Katze, die Nachbarskatze, ihr Fell sträubt sich, sie buckelt sich, sagt Kertész, wie heißt das, wie nennt man das?
jawoll, Kertész, bravo, Katzenbuckel, so nennen wir das, verstanden? immer alles verstanden, so Kertész, bis auf den letzten Dreck immer alles verstanden – falsche Antwort, Kertész! und die falsche Frage, warum wölbt sich die Decke wie eine Katze, die sich buckelt? die Katze und der Hund, mein Tango, er verzieht sich in seine Hütte, hat das mit Einsicht zu tun, fragt Kertész -I-D-I-O-T-S-C-H-L-A-P-P-S-C-H-W-A-N-Z- es gibt keine Einsicht, hier ist Zrenjanin, verstanden? hier spricht dein Befehl, hier spricht dein Gehorsam, los! packt ihn! Trichter in den Mund!
Kopf an Kopf an Kopf über Kertész – aber die Decke, sie hat sich gewölbt, ich habe es gesehen! der Brei im Hals, Schleim und irgendwann das Zittern, oh ja, mit aller Kraft, er schlägt aus wie ein Tier, Kertész! keine Einsicht, ohne dich kommt keine Einsicht zu mir, Jenő, sie stoßen mir den Trichter in den Mund, du wirst jetzt gestopft, Kertész! wie ein Kissen wie eine Gans wie ein Loch wie ein Mund, wir treiben dir das Hungern aus! bei uns hungert sich niemand freiwillig zu Tode, Kertész!

ja, niemand, das bin ich, ruft einer hinter dem Mund, lasst mich in Ruhe! Jenő – er ist tot, ich kann, kann mich nicht mehr zusammenreißen, das Zittern, mein stummer Geist, ich habe ihn nicht gerufen, glaubst du, glaubst du mir das? er kommt, obwohl ich ihn nicht gerufen habe, ich fange mit allem an zu zittern, der Kopf von Miloš über mir, ich erkenne sein Gesicht, seine Augen sind verschattet, kein angenehmer, kühler Schatten, ich kann das erkennen, obwohl alles verschwimmt, der Kopf, die Köpfe über mir, und ich muss brüllen und beißen, ausschlagen, weil sie mir die Sicht versperren, weil ich die Decke nicht mehr sehe, ich will sehen, wie sich die Decke, die Steine krümmen, bis die Decke die Steindecke aufgerissen wird und der Himmel zu sehen ist, ein fröhlicher Wolkentumult, ich schlage mit meinem Kopf gegen Köpfe, weil sie sich – alle haben sich versammelt, über mir, um mir meinen Himmel zu versperren, zu verriegeln, der Marsch, Jenő, er wurde zu Ende geführt, das ist aber ganz bestimmt die einzige Einsicht, die zu mir kommt, nichts -N-I-C-H-T-S- anderes, ein neuer Marsch-Rekord wurde aufgestellt -S-P-I-T-Z-E-N-Z-E-I-T- so muss ich schreien

oh ja, sie schnaufen und drücken und beschimpfen mich, sie stoßen stopfen mir das Essen in den Mund, ich bin, bin ich doch am Ende, die Bibel, Jenő, wenn sich der Himmel auftut und ein Engel ein geflügeltes Wesen die frohe oh die frohe Botschaft verkündet, dass der Heiland geboren ist, in einem Stall, in einem Nichts, und ich will auf meinem Feldbett liegen, in meiner Scheune, nichts, nur das

sie prügeln mich, zwingen den Brei in mich hinein, sie schnüren mich zusammen, sie verknoten mich, schicken mich nicht nach Vukovar, sondern nach Novi Sad, ins Militärkrankenhaus

ganz sicher war das – das war der Anfang vom Ende.

Z-O-L-I-Z-O-L-I

verzeihende Güte
-G-N-A-D-E-
scheues Tier
-R-E-H-
absolut
-V-O-L-L-K-O-M-M-E-N-
Säugetier
-Z-O-L-I-

wer besucht uns noch, die Familie mit dem Zoli-Sohn? Idioten-Sohn? niemand sagt es, aber ich weiß alles hinter den Lippen, hinter den Augen, niemand besucht uns, außer der Herr Pfarrer mit seinem ewigen Schwarz und seinem weißen Mitleid, ich lache, unhörbar, »die Letzten werden die Ersten sein«, »selig sind die geistig Armen« – ich lese und habe sie fast vergessen, die glänzenden Ritzen in den Wörtern, den Wind oder den feinen Hauch im i und u, der mich davongetragen hat, wohin auch immer, der Herr Pfarrer schlägt die Bibel auf, »am Anfang war das Wort« – ja, aber welches Wort? ich frage nicht, sondern kritzle in mein Heft, in mein Rätselheft
zwischendurch gibt mir Papa
-B-E-N-S-E-D-I-N-
-K-A-R-B-A-P-I-N-
-P-H-E-N-O-B-A-R-B-I-T-A-L-

-F-L-U-N-I-R-I-N-
ich bin ich ohne Zoli -A-M-E-N- der Herr Pfarrer schwenkt seinen Weihrauch, legt ein Heiligen-Bildchen auf den Tisch und husch! er huscht aus dem Haus, und wir sind wieder allein mit den Mäusen und Wänden und Ecken, ja, oft spucke ich die Pillen wieder aus, was Papa so sehr bekümmert, dass er einen Kummertrunk braucht, wenn er sehr bekümmert ist, merkt er nicht mehr, dass ich ein Spuck-Teufel bin, aus dir hätte was werden können, Zoli – schreibe ich in die Lücken – du hättest was machen können aus Hefe, Wasser und Salz! und der Meister, er hat seine Meisterhand auf meinem Hinterkopf platziert, hat mich, wann war das? vor einer Ewigkeit hat er mich von der Backstube ins Lager versetzt, mit einem Schlag, ich habe nur noch Säcke mit Mehl gefüllt, er könne es nicht verantworten, dass einer bei den Maschinen und den Broten und den Pflichten ohnmächtig wird, ja Herr Meister! oh ja, ich erinnere mich, und seit dem Militär bin ich vollkommen arbeitsunfähig, eigentlich ist vollkommen ein schönes Wort, mit etlichen Schlupflöchern
-V-O-L-L-K-O-M-M-E-N-
schreibe ich in mein Heft – ich trage meine Buchstaben ein, in die leeren Felder – man könne mich nicht einmal mehr zu den Säcken lassen -S-A-C-K-I-D-I-O-T- meinte der Meister, und irgendein Amt hat einen Brief geschickt, ich sei nicht bei der Arbeit arbeitsunfähig geworden, und meine Mutter hat sich ihre Haar-Haube gerauft, sie hat leere Flaschen geköpft, weil ich nicht einmal Invaliden-Geld bekomme
-K-O-P-F-L-O-S-

-B-R-O-T-L-O-S-
Mutter, man kann sie doch verstehen, in ihrem endlos glücklosen Fluch, sie habe sich einen Sohn, einen Mann gewünscht, mit echten Eiern in der Hose, eine schlappe Neun in der Hose, das habt ihr! und Vater sitzt in meinem Garten wie ein -S-A-C-K- auf einem schiefen Schemel sitzt er, ich sehe ihn, vom Küchentisch aus, ja, ich weiß, meine Eltern haben, sie haben sich ein Fortkommen gewünscht, mit ihrem Sohn, einen Aufstieg, ein Los mit einer Glückszahl, ein schönes Geld, mit vielen vielen Nullen

darf ich vorstellen? Kertész Zoltán ist mein Name, ich sitze am Küchentisch, ziehe meinen Hals ein, mache mich bucklig, ich treibe meine Eltern in den Wahnsinn, wie meine Mutter sagt, weil ich nicht mehr arbeite, nicht mehr arbeiten kann
im Militär hätte was aus mir werden können, ein Mann oder ein Held oder beides, ich bin weder das eine noch das andere geworden, sondern ein Stumpfer, ein Gehorcher, ein Stiefelidiot ist aus mir geworden, ein -L-U-M-P- ein -T-A-U-G-E-N-I-C-H-T-S ein -P-A-T-I-E-N-T- und ich habe keine Lust auf ein Aufschauen, auf ein Angeschaut-Werden, und Papa hat einen rasenden Herzschmerz, weil ich mich so in mich hineinbunkere, er nennt mich Zoli-Zoli, was ich gar nicht ausstehen kann, weil es nach einem Namen klingt und einem Ausrufezeichen, und Papa kocht Suppe, die ich dann in mich hineinlöffle, sicher, ich löffle in mich hinein, wie ich alle Wörter und Sätze und Silben in mich hineinlöffle, um sie dann zu platzieren, in den Lücken, und Vater jammert, er müsse Anna um Hilfe bit-

ten, wegen mir! ja, Hanna müsste unbedingt und auf der Stelle hier sein ...

ich sitze am Tisch, in der Küche, die Küche ist die Küche, und wir haben immer Besuch in den Wänden, in den Ecken, ich sitze und ziehe meinen Hals ein, spitze meinen Bleistift, ich besitze drei verschiedene Spitzer, manchmal drücke ich die Spitze in mein Heft, es knackt leise, ich mag dieses Geräusch, und ich habe aufgehört zu stottern, aber niemand merkt es, dass ich nicht mehr stottere – obwohl Sie doch alles merken müssten, merken nicht einmal Sie es – vielleicht, weil die Worte nur noch hinter meinen Lippen sitzen, sie haben einen Hinter-Lippen-Sitz eingenommen, sie weigern sich, in Erscheinung zu treten, nur selten oder fast nie formen sie sich in einer Unaufhaltsamkeit, in einem unbändigen Sturm in der Luft, aber ja, nur ganz kurz, dann ist es wieder still, die Küchenuhr spielt die Begleitung

was da in die Luft hineinstürmt? es unterscheidet sich nicht von dem, was hinter den Lippen, hinter der Zunge eingelagert ist, oh nein, manchmal wollen sie einfach hinaus, an die Luft, ansonsten, vergessen Sie es nicht! bin ich immer noch der König, oh ja, der König meiner Kreuzworträtsel, in der Küche, wo sich die Mäuse tummeln, ich habe aber ganz bestimmt ein gutes Ohr für die Mäuse, die immer ein besonderes, ein ganz ausgeklügeltes Spektakel veranstalten, und die Mäusegänge, sie verwandeln sich in meine Gehörgänge in meine Gedankengänge, sie sind meine Geselligkeit, die Mäuse und mein Tango mit dem Stummelschwanz

Mutter türmt sich die Haare auf, malt sich einen Mund, knallt die Haustür zu, oh, und Mutter kommt zurück, stöckelt da- und dorthin, weil der Herr Leutnant uns, an einem ganz normalen Tag, die Ehre erweist, in voller Montur, der Herr Leutnant, setzt sich an den Kopf vom Küchentisch, und Mutter wischt mit einem Dutzend Hände den Fliegendreck vom Tisch, setzt Kaffee auf

der Leutnant Raubvogel sitzt da, mit seinem ordentlichen Armee-Schmuck sitzt er da, wie ein Monument, das Monument bewegt sich, seine Hand schickt Mutter weg, die ganz bestimmt unter seine Uniform kriechen will, und Mutter wischt mir über den Mund, damit ich, ich weiß schon, wie ein Mensch ein menschliches Wesen aussehe, sie sagt, ach, sie sagt es in mein Ohr, ich soll mich benehmen, ich soll ich soll ich soll, nein, es kommt kein Wort über meine Lippen, und Mutter macht einen Bückling -M-A-C-H-M-I-R-K-E-I-N-E-S-C-H-A-N-D-E- und sie wird gleich hinfallen, sie wird ihm die Stiefel wird sie ihm küssen, aber dann ist Mutter draußen, die Frisur mit aufgemaltem Mund, Klopfzeichen, Ausrufezeichen, meine Mutter, wie leid sie mir tut, mit ihrem Anliegen, es kommt mir sehr wahr vor, dieser Moment, Mutter hinter dem Küchenfenster, so hilflos und fuchtelnd und gierig, und der Leutnant Raubvogel, der sie verscheucht, mit einem einzigen Flügelschlag, mit einem Kopf, der sich nicht einmal zu ihr hindrehen muss, und dann sagt er, so! sagt nochmals, so! jetzt sind wir unter uns

ja, die Mäuse flitzen hinter den Wänden in meinem Kopf, sie sind da und mein Heft auf dem Tisch, ich ziehe meinen Hals, meinen Hals ziehe ich ein, krümme meine Zehen unter dem Tisch, Dreck bröckelt von meinen Zehen, Risse auf einer Landkarte, die mir gehört, oh, der dekorierte Herr Leutnant, er geht mich nichts mehr an, Kertész, ich habe Sie etwas zu fragen

nein, Kertész hat keine Lust auf ein Aufschauen, er hat keine Lust auf Wörter, ich bin gern abwesend und wortlos und stumm, eingesunken, mein Kopf ein wirres Haarnest, an dem sich jedes Lüftchen erfreut

nie mehr Stiefel! sagt der Boden laut und deutlich – für alle, die es hören wollen – der Boden und die Dreckfüße, wir sind unter uns, sagt der Leutnant wieder, ach so, ach ja, ich, Kertész, habe keine Lust auf ein Aufschauen, auf ein Angeschaut-Werden, keine Lust auf einen Dekorierten, der anfängt zu reden, seine Stiefel, wie gemästete kleine Tiere, glänzend und fett -F-E-T-T- schreibt die Hand ins Heft

-R-U-N-D-

-P-R-A-L-L-

er soll verschwinden, sagt einer hinter den Lippen, der Leutnant Raubvogel, seine Stiefel sein Hosenspitzen-Zelt, oh nein, keine Luft kann da hinein wollen, denkt Kertész, und die Füße, die Hände werden warm, nass, er soll sich an einen anderen Tisch setzen, die Mäuse, sie müssen helfen, den Raubvogel zum Verschwinden zu bringen, der Sack-Papa, er soll gefälligst reinkommen, seinen Platz am Tisch am Kopfende verteidigen, und meinem Tango, ich werde ihm gleich ein Zeichen geben, damit er den Dekorierten in die Wade beißt, ich werde gleich etwas tun, damit er ganz schön in der Klemme ist, und ich schaue ihn durchaus nicht an, kritzle in meiner Duckdeckung, als er anfängt zu reden, seine Stimme, eine freundliche Einladung, im Namen der Armee möchte ich mich erkundigen, wie es Ihnen geht, Kertész! und mein Papa, ich höre ihn kommen, schlurfen, er grüßt den ehrenwerten Herrn von der Armee, den Herrn Major, und Papa, er steht neben mir, drückt seine Hand auf meine Schulter, der Leutnant lädt ihn ein, Platz zu nehmen, oh ja er spricht von der Pflicht, sich nach dem Befinden von ehemaligen Soldaten zu erkundigen, und der Leutnant, er morst mit seinen Fingern auf dem Tischtuch

Papa setzt sich nicht, er will, dass ich aufschaue, wenn der Dekorierte mit mir spricht, er drückt seine Hand in meinen Nacken, Papa will, dass ich dem Herrn Major anständig in die Augen schaue, wenn er in einer so ernsten und traurigen Sache mit mir spricht, aber ich habe keine Lust auf ein Aufschauen, auf ein Gespräch unter Männern

-K-R-Ü-P-P-E-L-

schreibe ich, ein untauglicher Krüppel, zu nichts taugen, kritzle ich, verteidige meinen Bleistift, als mein Vater ihn mir aus der Hand nehmen will – er sehe leider, dass ich nicht mehr aufnahmefähig bin, sagt der Leutnant, und ich höre ihn brüllen, obwohl er nicht brüllt, tja, dann werde er wohl wieder gehen, und er steht auf, ich schiele aus meinen Höhlen zu ihm hin, gleich werde ich meinem Tango ein Zeichen geben …

übrigens sei sein Sohn angeschossen worden, es stehe in den Sternen, ob er jemals wieder werde gehen können, und Papa, seine wankende Hose vor mir, er ertrinkt fast in seiner Stimme, das täte ihm sehr -S-E-H-R- leid, sagt er, ja, harte Zeiten, meint der Leutnant, wir alle haben Opfer zu bringen! und ich höre es genau, er stiefelt über den Küchenboden, nein, ich schaue durchaus nicht auf, sondern mein Kopf, ich lasse ihn fallen, auf den Tisch, weil er noch aufnahmefähig ist, mein Kopf, weil er begreift, warum der Leutnant hierher gekommen ist, zum Idioten, oh ja, ich verschaffe mir Luft, der Tisch hilft mir dabei, das Tischtuch, wir alle haben noch was zu sagen! und mein Hund fängt an zu jaulen, Ihre Stiefel und Sie und Ihr Marsch und Ihre Zunge, Sie haben ein Urteil, eine Verurteilung, eine Hölle haben Sie verdient – ich will dem Leutnant mein Organ in Erinnerung rufen, und ich schaue nicht auf, ich rieche mich, mein Blut, oh ja, mein Vater packt mich am Schopf am Hals, und ich werde das alles nochmals sagen, ausspucken, vor jedem Richter und allen Engeln, vor Ihnen und Ihrer Gnade! ich kann aber ganz bestimmt jedes einzelne Wort sagen, alle Farben und Töne werde ich zu einer einzigen, mächtigen Aussage bringen

ja, man hat Jenő umgebracht, er wurde unter die Erde gebracht, von einem, der Leutnant heißt, Raubvogel, weil er immer kreist und wartet, um dann auf einen irgendeinen … oh, und was hat er gesagt? Soldat Frigyes Jenő war zu fett! und er und der Kommandant ließen weitermarschieren – mein Papa will, dass ich mich zusammenreiße, er schüttelt mich, reißt an meinem Kopf, schau mich an, Zoli! – weitermarschieren, los! und ich wurde auf die Beine gestellt, man hat mich gestoßen, gezogen – das willst du nicht hören, Papa? und der Raubvogel, wo ist er? längst weg? oh ja, vielleicht war er gar nie da? und ich brülle meinem Vater ins Gesicht, dass ich durchaus und ganz bestimmt fähig bin, eine Aussage zu machen, gegen den Leutnant, den Kommandanten – wir haben einen Marschrekord aufgestellt,

Papa! ja, und Papa schlägt mir ins Gesicht, schau mich an Zoli! und alles verwischt verschwimmt – eine Belohnung, einen freien Abend haben wir bekommen, für unsere Leistung -L-E-I-S-T-U-N-G- für den Marschrekord! und niemand, kein Einziger, schon gar nicht der Leutnant hat gesagt, dass Jenő noch am gleichen Tag im Krankenhaus gestorben ist

am nächsten Tag erfahren wir es, beim Appell, Jenő hat einen Herzfehler gehabt, sagt man uns, oh ja, Übergewicht und Herzfehler, und die Armee ist nichts für Sentimentale – mein Papa, er meint, ich solle endlich aufhören, das bringe doch nichts, der Herr Major sei längst weg, hör endlich auf! und Papa drückt mich auf den Stuhl, obwohl er wankt, obwohl er sternhagelvoll ist, schafft er mich, Papa, mit seinen Eisenbahner-Händen – ja, wir haben einen freien Abend bekommen für Jenős Tod, und Jenős Eltern haben seine Uhr bekommen, die nach seinem Sturz stehengeblieben ist, und Papa hält meine Hand, Hände, drückt sie, er weint –

die Todes-Uhr, in welchem Lied tickt sie zum ersten Mal? wie viele Ohren haben es gehört? ganz bestimmt verklingen die Worte nie, und die Melodie, die süßliche, versickert in allen geheimen Gängen des Ohres, um immer zu klingen, ich will singen, Papa, lauthals

-M-A-R-S-C-H- Kertész, du erleichterst Frigyes das Marschieren im eingeschlagenen Tempo!

ich ließ mich vorspannen, als wäre ich ein Pferd, ein Zugpferd, ja, ich habe gezogen, statt zu bocken, statt zu grasen, das alles weiß ich, und ich weiß noch viel mehr, aber es interessiert niemanden, was ich alles weiß, Papa, du hast einen Ohr-Pfropf, Mutter hat einen, ihr wollt mich nicht hören, wir sind alle – jeder für sich, in der Armee – Papa, hör auf, mich zu schlagen, es bringt nichts, das Blut, es fließt schon, ich habe dir etwas zu sagen, eine Erklärung, ganz und gar wahre Worte, Papa, hör auf! ich muss es dir doch sagen, was ich haargenau weiß, Jenő ist tot, er wurde umgebracht, nicht in Vukovar! ich habe ihn umgebracht, das ist alles wahr und muss doch ausreichen, nicht nur mir ein Entsetzen einzujagen, aber Vater drückt meinen Kopf gegen die Tischplatte, oh, er will nicht hören, dass ich mich verurteile, ich muss doch ein Urteil über mich verkünden, wenn es sonst niemand tut, nicht einmal Sie verurteilen mich! aber ich bin mir sicher, dass die Mäuse mich verstehen, die Wände sind meine Zeugen, meine schamhaften Zeugen

und ich umklammere meinen Stift, weil Papa ihn mir aus der Hand schlagen will, und Jenő hat nicht geblutet, obwohl er gestürzt ist, er war so bleich, wie einer, der lebt, nicht bleich sein kann, und Papa keucht neben mir, er schnappt nach Luft und weint, ich solle ihn doch bitte um Himmelswillen verschonen mit diesem Jenő, er habe auch gedient, in der Armee, das sei schon immer so gewesen, sagt Papa, er schluchzt, ich soll aufhören, mich beruhigen, wieder still sein, er werde mich verbinden, meine Verletzung, und Tango, er leckt meine Füße

ja, ich denke an Jenő, beruhige mich, Papa drückt mir nasse Küsse auf die Stirn, es werde doch alles wieder gut, ich sei ein feiner Junge und der Herr Major habe hier nichts mehr verloren, garantiert nicht! ich dürfe mich aber nie mehr so aufregen, und Papa schwitzt, wie immer, wenn er es ernst meint, wenn er meine Haare verstrubbelt, mir sagt, dass ich ein lieber, feiner Junge sei, er werde mir jetzt etwas kochen, mein Lieblingsessen! und Vater schlurft und wankt durch die Küche, er lässt sich in Mutters Sessel fallen und schläft ein, er schnarcht, gurgelt alles, was er mir noch sagen will, durch die Küchenluft, jede Zärtlichkeit

ach, Sie wissen es bestimmt schon lange – mein Papa, nein, ich werde ihn nicht retten können – und Mutter auch nicht.

12

Ein dunkles Fellknäuel trottet auf mich zu, fast lautlos. Seine Ohren federn auf und ab. Ich bleibe stehen, halte mich an meiner Tasche fest. Tango, sage ich leise. Er bellt nicht, sondern wedelt mit dem Schwanz, umkreist mich. Linksherum, rechtsherum. Und legt sich dann auf den Rücken. Ich bin froh, dass Tango mich empfängt, als hätte er mich erwartet. Ich schlüpfe aus meinem Schuh, streichle mit der Fußspitze seinen Bauch. Tangos Töne – ein feines Brummeln in meinen Zehen.

Ich ziehe meinen Schuh wieder an, gehe langsam weiter. Auf dem Vorhof und entlang der Hausmauern wächst Löwenzahn, Knopfkraut, Distel, Brennnessel. Abfall liegt herum. Verrostete Büchsen, Papier. Zwei Fenster sind zerbrochen, die Löcher im Glas behelfsmäßig mit Karton und Plastik zugeklebt.
Ist überhaupt noch jemand da?
Tango schwänzelt an mir vorbei, Richtung Garten, setzt sich vor das Gartentor und dreht seinen Kopf zu mir. Ich bleibe vor der Haustür stehen, schaue zu Tango, dann zur Tür, die eine Handbreit geöffnet ist. Es riecht nach Zigarettenrauch. Nach Zorkas scharf-süßem Haarspray. Ich gehe weiter, zögernd, greife in meine Tasche, halbiere eine Pille, stecke sie in den Mund, zerbeiße sie. Tango steht wieder auf. Schaut mich erwartungsvoll an. Ich öffne das Gartentor.

Der Garten – die Bäume, Hecken, Blumen- und Gemüsebeete. Die schmalen Steinplatten, die bis zum Hals eingegrabenen Bierflaschen zwischen den Beeten. Farbige Streifen, die in der Erde stecken und markieren, was wo wächst. Tango sitzt vor der Scheune. Offenbar weiß er genau, was er will. Womöglich weiß er auch, was ich will.
Ich schaue nochmals zum Haus, gehe dann die paar Schritte zum Schuppen, drücke die Klinke nach unten, Tango, der an mir vorbeischlüpft, und sofort ziehe ich die Tür wieder hinter mir zu. Damit nichts entwischt – aus dem Unterschlupf in die Außenwelt – damit wir am Anfang, die ersten Minuten, wie blind sind. Das hatten Zoli und ich so vereinbart.
Ich versuche, ruhiger zu atmen, mich an die Dunkelheit, an die staubige, süßliche Luft zu gewöhnen. Daran, dass ich zum ersten Mal allein hier bin.
Zoli und ich, wir warteten auf das Licht, das durch das winzige Fenster und die Ritzen zwischen den Holzbrettern drang, wir summten ein Wort, eine leise Beschwörung, die uns daran erinnerte, dass hier andere Gesetze galten, unsere und die unserer Kostbarkeiten. *Pali pali palintorsimanatu palintorsimanatu.* Und die Welt draußen war gebannt, in ihre Schranken gewiesen. Erst dann knipsten wir das Licht an – die kleine Birne, die in der Mitte der Scheune hängt.

Pali pali palintorsimanatu palintorsimanatu

Ich höre Zolis Stimme, eine hohe Stimme, mit viel Luft, etwas heiser, spüre eine Anspannung, die sich von manchen

Worten aus über den ganzen Körper auszubreiten schien, Worte, die er wiederholte und die nie gleich klangen – ja, ich erinnere mich an diese hell pfeifende Heiserkeit, und meine Handflächen sind nass, mein Nacken. Ich hatte geahnt, dass ich Zolis Stimme an diesem Ort wieder hören würde.
Ich knipse das Licht an. Tango, am Fußende des Bettes liegend, hebt seinen Kopf, blickt mich an. Ich schaue mich um, spüre meinen Herzschlag bis in die Fingerspitzen; es scheint alles noch da zu sein.
An der Wand, rechts vom Eingang, die neben- und übereinander platzierten Schachteln, mit farbigem Papier oder mit glänzender Folie ausgekleidet. Kartonschachteln unterschiedlicher Größe, die fast bis zur Decke übereinandergestapelt sind. Schachtelwelten, miteinander verbunden, ohne dass das Prinzip ihrer Verbundenheit erkennbar wäre. Nur ein paar feine Fäden, die man bei genauem Hinsehen erkennt und die da und dort verknotet und an der Decke mit Reißnägeln befestigt sind.
Bist du bereit?, fragte mich Zoli, bevor er mir seine neuen Errungenschaften zeigte. Ja, ich war immer bereit und aufgeregt, hatte jedes Jahr etwas dabei, ein Fundstück, das je nach Farbe, Form, je nachdem, ob es hart oder weich, robust oder empfindlich war, in einer der Schachteln Aufnahme fand.
Mohnblumen-Kapseln, alle Arten von Fruchtkapseln. Nussschalen, Haselnüsse, auch wurmstichige. Platanen-Nüsse. Baumnussschalen, Bucheckern, Eicheln. Fruchthüllen von Kastanien, mit und ohne Stacheln. Baumrinden. Käferpanzer, schillernde und matte. Mit Flechten oder Moosen

überwachsene Steine. Quarze und Glimmer. Verschiedenfarbige Falter. Mit versehrten und unversehrten Flügeln. Schneckenschalen, die sich rechts oder links in ihren Spitz drehen. Und wir ordneten die Dinge immer wieder um, stundenlang. Ließen sie auf Wanderschaft gehen, um herauszufinden, wo, in welchen Nachbarschaften sich die einzelnen Dinge am wohlsten fühlten und am schönsten aussahen. Zwischendurch legten wir uns aufs Bett, um eine neue Anordnung zu betrachten. Still lagen wir da.

Tango schaut mich immer noch an. Als würde mich irgendwas oder irgendwer in diesem aufmerksamen Hundeblick bitten, mir alles einzuprägen. Den Unterschlupf, die Scheune zu würdigen, vielleicht ein letztes Mal, bevor sie allmählich verfällt. Oder mutwillig zerstört wird.
Jener Sommer, als Zoli eine kleine Holzfigur aus seiner Hosentasche zog, sie in beiden Händen hielt und dann in die eine, in die nächste und die übernächste Schachtel stellte, sie zwischendurch streichelte, bis er sie schließlich in der Mitte der Schachtelwelt stehen ließ; eine zierliche Schildkröte, von ihm geschnitzt, die nicht auf Wanderschaft gehen würde – das wussten wir, ohne dass wir je ein Wort darüber verloren.
Und manchmal, nicht oft, aber immer dann, wenn wir es nicht erwarteten, passierte es, dass die Schildkröte ihren Hals streckte, ihren Kopf unendlich langsam drehte, ihren Blick auf uns richtete, strahlend, stolz. Sie lächelte uns sogar an. Es glinzert aus ihren Augen, sagten wir damals – und als die Schildkröte wieder erstarrt war, unterhielten wir uns leise darüber, über dieses »es« und über dieses »glinzern«,

und niemand außer uns wusste, dass dieses Tier die ganze Welt auf seinem Panzer trug.
Ich strecke meine Hand aus, zögere, frage mich, ob ich es tun, die Schildkröte mitnehmen soll, und in diesem Moment geht die Tür auf. Tango fängt an zu bellen, springt vom Bett.

Du hier?

Ich drehe mich um. Zorka steht in der Tür, eine Flasche in der einen und eine Emaille-Schüssel mit Kartoffeln in der anderen Hand. Was tust du hier?
Ich wollte mir die Scheune anschauen.
Was du nicht sagst. Die Scheune! Und warum bist du nicht ins Haus gekommen?
Keine Ahnung.
Ach Prinzessin, lass dich drücken, und Zorka hält mir die Flasche hin. Da, trink! Ein kleiner Willkommensschluck anlässlich deines Überraschungsbesuchs.
Ich gehe auf Zorka zu, nehme die Flasche, setze an. Mach schon, nicht so schüchtern. Es ist genug da, für uns beide! Und ich trinke einen großen Schluck, muss mich zusammenreißen, um nicht zu husten. Zorka nimmt mir die Flasche wieder aus der Hand, schmeckt doch, oder?, und sie saugt, schluckt hörbar. So und jetzt raus aus diesem Loch, und Zorka schaut mich herausfordernd an, oder willst du hier Wurzeln schlagen?

Ich hätte gern Wurzeln geschlagen. Mir zumindest alles nochmals in Ruhe angeschaut; du solltest nicht von einem

Loch sprechen. Zorka klemmt sich die Flasche unter den Arm, zupft an meinem Kleid, was du nicht sagst. Komm schon, raus, dein hübsches Kleid passt nicht in dieses Loch, und Zorka zieht die Tür hinter uns zu, setzt sich auf die Bank vor der Scheune, streckt ihre nackten Füße von sich, die Schüssel in ihrem Schoß.
Du willst mir doch nicht erzählen, dass du bis an den Arsch der Welt gereist bist, um dir den Schuppen da anzusehen. Zorka trinkt, hält mir die Flasche hin. Ich setze mich neben sie, trinke auch. Egal, in jedem Fall hat der ausländische Gast gefehlt, auf Zolis Beerdigung! Zorka zündet sich eine Zigarette an, Anna, meine Liebe, du kommst vier Monate zu spät!
Ich trinke noch einen Schluck, Tango liegt bei meinen Füßen. Der Garten, dein Garten. Nein, bei genauerem Hinsehen sieht nichts mehr so aus wie früher. Deine Mutter redet, sie redet und hört nicht mehr auf. Sie nimmt meine Hand, küsst sie, als würde sie damit etwas beweisen – dass sie mich bewundert, meine weiche Haut, mein zuckriges Leben, wie sie sagt. Aber ich weiß schon, was du über mich denkst, Anna, das Schlechteste denkst du über mich. Dir und deiner Bravheit würde es gefallen, wenn ich mir die schwarze Kutte überziehen, mich jetzt schon einäschern lassen würde. Zorka gluckst, nimmt noch einen Schluck und noch einen. Wenn wir mit Sonnenstrahlen allein genug hätten, na, dann würde ich mich auch hinstellen, nichts tun, dorthin wachsen, wo es schön ist. Aber der Herrgott jagt mich aufs Feld, um Unkraut zu rupfen, und damit sagt er mir doch, dass ich nichts anderes bin als Unkraut, nur dazu da, um ausgerupft zu werden. Zorka schmeißt die

Emaille-Schüssel zu Boden, drei, vier, fünf Kartoffeln, die aus der Schüssel fallen. Vor ihrem Fußtritt fliehen.
Hat dir jemand den Mund zugenäht? Zorka hält mir die Flasche wieder hin. Ich trinke. Soll ich die Tomatenstauden aufbinden, frage ich, schaue auf ihre Zehen, dürre Würmchen mit versprengten, roten Markierungen.
Ist sie nicht süß, sie will bei mir Ordnung machen, und Zorka steht mit einem Ruck auf, schnippt den Zigarettenstummel weg, schnappt nach der Flasche, kippt ihren Kopf nach hinten. Schau mal, wie grimmig der Himmel ist! Hast du mir ein Gewitter mitgebracht? Ein richtiges Herrgotts-Donnerwetter? Ich stehe auch auf, schwanke, ich habe dir gar nichts mitgebracht. Na komm, ein paar Scheine hatten sicher Platz in deiner Tasche, für einen guten Zweck! Und da, vergiss nicht zu trinken, dann sind wir noch schöner, wenn's zu regnen anfängt. Ich setze die Flasche wieder an, und die Obstbäume drehen sich in den Himmel, die Tomaten, der Rauch von Zorkas Zigarette, ihr langgezogener Fluch auf die Wolken.
Warum habt ihr Zoli zur Armee geschickt, höre ich mich fragen. Zorka hängt ihren Arm um meine Schultern, zwingt mir ihren Schritt auf, und ich stolpere, falle beinahe hin.
Meine Zarte, bekommt dir der Schnaps nicht? Aber du fällst in Arme, die täglich in der Erde buddeln, und Zorka lacht, hustet. Du bist umsonst gekommen, Prinzessin! Du suchst etwas, was es in dieser Welt nicht gibt. Hier regiert der Lauf der Welt, kapiert? Der arme Scheißer bleibt arm, der reiche Pinkel genießt die Aussicht auf die Ewigkeit! Und die Moral? Die schöne Moral ist geizig und hat es

lieber bequem. Bei uns bekommt die Moral Keuchhusten oder weiche Knie! Zorka kickt das Gartentor auf.
Zoli hätte was werden können, er hatte das Zeug dazu, aber der Lauf der Welt sieht das nicht vor, dass aus *so einem* was wird, und Zorka packt mich am Hals, Frau Lehrerin, haben Sie das begriffen? Ich sehe mich als winzige Gestalt in Zorkas Augen. La pupa, das Püppchen, die Pupille – mir fällt zum ersten Mal auf, dass sie blau-graue Augen hat, und ich ziehe Zorka die Flasche aus der Hand, trinke. Ich habe nichts begriffen, antworte ich. Zorka lässt mich los, so abrupt, dass ich fast wieder hinfalle, sie lacht mich an, mit ihren gelbverfärbten Zähnen, ihren Lücken. Eine Lehrerin, die in ihrem Alter schon weiße Haare hat und nichts begreift, da stimmt doch was nicht, und Zorka streckt ihren Arm aus, darauf trinken wir! Und auf meinen Alten und seinen Schwanz, der ihm mit seinen fünfzig Jahren schon an den Eiern klebt!

Zorka trinkt, ich trinke. Wir stehen immer noch beim Gartentor. Ich schaue in die Wolken, die tatsächlich irgendwas vorhaben. Wo ist Lajos, frage ich. Zorka packt einen Ast, der über den Gartenzaun wächst, lässt ihn federn. Du kommst mir nicht ungestraft davon, ruft sie mir zu – oder dem Ast. Mit einem Arm hängt sie sich an ihn, stellt sich auf die Zehenspitzen, trinkt. Ihr Blumenkleid rutscht ihr über die Knie hoch, sie hält mir die Flasche hin, Lajos, der feige Sack, ist untergetaucht, wahrscheinlich bei seiner Schwester!, und Zorka fängt an zu singen, *tini, tini, wenn die Theiss aus Tinte wäre*. Ich sehe das Wasser, den Fluss, schwarzes Wasser, Zorkas Blumenköpfe, die auf dem Wasser schwimmen, schaukeln. Was ist mit dieser Tinte, Zorka, warum soll das Wasser Tinte sein, und ich halte mich am Zaun fest. *Wir sind alle, wir alle sind verloren, auf stürmischer See!*, und Zorka lacht, morgen treffe ich einen, mit eingebranntem Anker, einen Kerl, Anna, dem tut kein Krieg weh – mach schon, gib mir den Schnaps!, und sie lässt den Ast wieder los. *Nur das schwarze Wasser weiß, wen ich liebe, tini tini!* Ich strecke ihr die Flasche hin – warum habt ihr Zoli nicht vor der Armee bewahrt, frage ich, schaue auf meine Füße, auf vier Füße, auf den staubigen Boden, der sich in rasender Geschwindigkeit dunkel fleckt. Was hab ich gesagt, der Herrgott hat beschlossen zu gießen, ruft Zorka und dreht sich mit schiefem Kopf um die eigene Achse, Wasser, für meine durstigen Blumen! Sie zieht sich ihr Kleid über den Kopf, breitet es auf dem Boden aus. Ich schließe die Augen, um Zorka zu entkommen. Zoli hätte wenigstens in Uniform sterben können, im Einsatz, ruft sie. Dann hätte es eine echte Zeremonie gegeben, nur für ihn, mit allem Drum und Dran. Und die Tropfen sind groß, schwer, mit allem Drum und Dran, höre ich Zorkas Stimme, die den Kampf aufnimmt, gegen die Tropfen, den Donner, sie ruft, laut, lauter.

Anna, schau mich an, und du siehst mich ertrinken! Zorka! Sie hängt sich an meinen Hals. Ich öffne die Augen, sehe sie, mich, Pfützen um uns herum. Kränze hätte es gegeben, zuhauf, schreit Zorka, auf seinem Sarg. Und die Militärkapelle spielt einen Trauermarsch, der Tag wird traurig, nur für ihn, Anna! Siehst du, wie ich meine Tränen vergieße, jede Träne bedeutet etwas! Und Wasser läuft Zorka über die Stirn, in ihren Mund. Tangos Bellen, von irgendwoher.

Lass mich los – aber Zorka lässt mich nicht los.
Und sie schreiten hinter mir her, hinter dem Sarg, stell dir vor, all die hochrangigen, militärischen Kerls marschieren. Tak tak tak tak! Im Takt für meinen Zoltán! Zorka, sie ruft, stemmt ihre Stimme gegen mich, gegen den Strom, dieser verdammte, wütende Regen – ihre Haare, festgeklebt auf dem mageren Kopf. Und der Ranghöchste verliest ehrenhafte Worte, mit ernster Miene. Kertész Zoltán, würdig gestorben, fürs Vaterland! Und Zorka zieht, drückt mich zu Boden. Anna, auf den Boden, in den Dreck mit uns! Wie Schweine, wie dreckige Schweine!
Hör auf, lass mich in Ruhe mit deinem Gerede, schreie ich sie an.
Heiland Kruzifix, mit einem Befehl macht der Chef Zoltán zum Helden, ruft Zorka, Schüsse, nur für ihn!
Achttausend Granaten täglich, das gab's in Vukovar! Und keinen einzigen Helden! Meine Hand packt die Flasche, ich zerschlage sie – der scharfe Marillen-Geruch im Regen. Und endlich ist sie still, Zorka. Sie keucht, schluchzt.

Wie lange es gedauert hat – ich weiß es nicht. Wir wurden gewaschen. Vom Regen. Den Tränen. Von Tango, der uns das Gesicht ableckte. Wir wurden überrascht von den Wolken, die weiterzogen. Von der Sonne, die das Wasser aufsaugte, gierig, als wäre nichts gewesen. Ich war erstaunt, dass deine Mutter mir die Hand hinhielt, mir half, aufzustehen. Komm ins Haus, sagte sie ruhig und zog sich ihr Kleid über. Ich schlüpfte aus den Schuhen, ging neben Zorka her. Der Dreck zwischen meinen Zehen. Deine Mutter. Sie klammerte sich an meine Hand. Unter diesem Himmel

erschlägt uns das Schicksal, kapierst du? Wir schauten uns an. Ich habe Zoli alles angetan, und ich habe ihn geliebt, das passt nicht in deinen Kopf, stimmt's? Zorka sah plötzlich groß aus, fast königlich. Genährt von einem unerwarteten Sieg.
Du solltest die Tomaten aufbinden, sagte ich tonlos, drückte ihr ein paar Scheine in die Hand und ließ sie vor der Haustür stehen. Drehte mich noch einmal um, als sie rief, du machst mich krank, wenn du nicht ins Haus kommst! Und ich wusste, dass mir deine Mutter so in Erinnerung bleiben würde. Ausgemergelt, durchnässt. Das verwahrloste Haus hinter ihr – mit deinem reglosen Gesicht am Küchenfenster. Anna, du wirst nie wissen, wie es mit ihm war! Er hat keinen Ton mehr gesagt, hörst du? Brütete nur noch über seinen blöden Rätseln. Und ich werde ersaufen, rief Zorka, du bist nicht in mein Haus gekommen!
Ich ging weiter, einer unbeeindruckten Sonne entgegen. Tango begleitete mich bis zur Hauptstraße. Ich blieb kurz stehen, um dich noch einmal in seinen Hundeaugen zu sehen.

KERTÉSZ ZOLTÁN

Dastehen, vor dem Grab eines Menschen, der jung gestorben ist, vor seiner Zeit, und damit sagt man, dass es eine andere Zeit hätte geben können. Er ist jung gestorben. Wie verlogen die Sätze sind. Die Wahrheit liegt nicht auf der Hand und schon gar nicht in den Wörtern. Man müsste so lange graben, bis das Ungesagte, Totgeschwiegene zum Vorschein kommt. Und ich stehe da, in meiner abgewetzten Sommerhose, in der Hand eine geköpfte Pet-Flasche, die hier als Friedhofsvasen benutzt werden und beim Brunnen auf Blumen warten, auf mich. Weiße, langstielige Schwertlilien, die ich einstelle, nachdem ich das Zeitungspapier, in das die Marktfrau sie gewickelt hat, entfernt habe. Dastehen, sich wundern und sich entsetzen über die Friedhofsruhe. Die begrabenen Geschichten.
Kertész Zoltán
15.12.1970-5.4.1992

Meine Finger hantieren unbeholfen an den Gladiolen, versuchen vergeblich, ihr Gewicht so zu verteilen, dass die Plastikflasche nicht umkippt. Die Blumen sind zu schwer, so dass ich hinter dem Kreuz mit meinem Absatz ein Loch in die Erde bohre und die Vase in die Vertiefung drücke. Ich drapiere die Blumen, zupfe sie zurecht, bis es so aussieht, als wüchsen sie aus dem Kreuz. Als schmückten die weißen, geschmeidigen Blüten den Namen und die Zahlen.

Ein Zitronenfalter, die Flügel auffällig orange gepunktet, schlingert um das Holzkreuz herum. Wen kann ich fragen, warum mein Gehör nicht ausreicht, um seine Flügelschläge zu hören?

An einem Grab sollte man den Kopf senken, an etwas Heiliges denken, innig beten. Ein einziger Satz fällt mir ein. *Es ist vollbracht*. Einer der letzten Sätze, die Jesus am Kreuz gesagt haben soll.
Der Grabschmuck, die Schnittblumen kommen mir unpassend und hilflos vor, auch deshalb, weil Zoltán die Blumen so geliebt hat.

Haben Sie den jungen Mann gekannt, fragt mich eine Frau, die schwarz gekleidet ist, sogar dunkle Strümpfe trägt, obwohl es schwül und heiß ist. Ja, antworte ich knapp, weil ich keine Lust auf ein Friedhofsgespräch habe.
Ich will Ihnen nicht zu nahe treten, aber Zoltán hat bei mir eingekauft. Bier, Tonic, Zigaretten, Salzstangen, Zucker, Kreuzworträtsel. Immer dasselbe. Ich musste seine Sachen nach einer bestimmten Ordnung einpacken, und er war, wie soll ich sagen, eigenwillig in der Art, wie er sich äußerte. Er fehlt mir in meinem alltäglichen Leben, obwohl wir uns nicht näher gekannt haben. Das wollte ich Ihnen sagen. Und die Frau hebt ihre drei Rosen zum Gruß. Ich schaue ihr nach, wie sie den Leidensweg Christi entlangtrippelt. Danke, sage ich leise.

Dein Bettrand war eine Klippe -K-L-I-P-P-E-, über die du springen musstest, als du dich anziehen, dein Nachthemd, dein Krankenhemd ausziehen wolltest, um wieder ein Mensch zu werden, mit Gesicht, Frisur, Armen, Beinen und einem Wunsch: Ich will raus, an die Luft. Ich will zu meinen Bäumen, in meinen Garten – hast du mir geschrieben. Nachts bittest du die nächtliche Luft, das Schwere, Metallfarbene aus deinen Augen zu wischen. In der Kaserne und im Krankenhaus seien die Zimmer an Äxten aufgehängt, das sei sonderbar und müsse eine Bedeutung haben. -U-N-H-E-I-L-B-A-R-L-A-N-G-E- wartest du auf deine Eltern, bis sie dich endlich abholen.

Ich bücke mich, zupfe die Gladiolen wieder aus der Flasche. Am Himmel zeigen sich aufgedunsene, schmierige Wolken. Wem gehört eigentlich der Himmel? Lufthoheit könnte ein schönes Wort sein. Findest du nicht? Die Hoheit der Luft, ihre Würde, die man überall anerkennen müsste. Stattdessen: *Hoheitsgewalt eines Staates in dem über ihm gelegenen Luftraum.*
Wem gehören wir? Dem Staat? Gott? Den Eltern? Der Luft? Uns selbst? Dem Tod?
Ich wähle die schönste Blume aus dem Strauß, lege die anderen auf den trockenen Boden. Langsam und gleichmäßig kippe ich das Blumenwasser aus der Pet-Flasche, verteile es über dem Grab. Die Luft über deinem Grab gehört niemandem. Und ich knie nieder, fange an, mit dem Stiel zu schreiben. Der feine Duft der weißen Blüten in meiner Nase. Zusehen, wie die Buchstaben einsickern, die Erde beleben. Das Geschriebene – ein Rinnsal Sinn. Worte für dich.